幻

1
반 야 심 경

이르렀네
이르렀네
평온에 이르렀네
완전한 평온에 이르렀네
완전한 깨달음, 보리菩提의 완성이여!

幻

환

1

般 若 心 經

이르렀네
이르렀네
평온에 이르렀네
완전한 평온에 이르렀네
완전한 깨달음, 보리菩提의 완성이여!

관음출판사

|차|례|

환(幻)

그
무엇이든,
환(幻)임을 깊이 깨달음은,
심안(心眼)이 열린 혜안(慧眼)의
시선(視線)이다.

그
무엇이든,
환(幻)임을 깊이 깨달음은,
그냥, 그저,
우연히 얻어지는 것이 아니다.

삶의
꿈과 열정을 따라,

나의 존재에 대해 사유(思惟)가 깊어지고,
감각(感覺)이 살아 있는 시간과
오감(五感)의 촉각으로 느끼는 세월의 흐름 속에
춘하추동(春夏秋冬)이 연이어 흐르며,

시(時)의 흐름 따라
색깔과 모양과
향기가 다른 꽃이 피어나고,
비와 바람, 낮과 밤이 흐르는 찰나의 이음 속에,
그토록 향기롭고, 아름답게 활짝 핀
꽃잎이 떨어지며,

더위와 추위가 번갈아드는
시간의 흐름 속에
피부로 느끼는 삶의 감각도 달라지며,
눈에 비치는 촉각의 삶,
물과 불, 흙과 바람의 길을 따라 경험하며,
삶의 진실과 실상(實相)에 대해
깊은 사유(思惟)의 의식(意識)이 열리고,

삶을
되돌아보는 시간이 축적되어,
그 시간 속의 추억과 기억들이 환(幻) 꽃이 되어,

삶의 진정한 진실을 향한, 꿈의 열정들이,
초연(超然)한 가슴에 아련히 남아,

홀연 듯,
삶이 무엇인지를 느끼고, 깨닫는,
자각(自覺)의 심안(心眼)이 깊이 열리어,
삶의 진실이 흐르는 사유(思惟)의 흐름,
밀밀(密密)한, 깊은 자각(自覺)이 열린 동공(瞳孔),
무한 생명의 삶을 향한, 무한 확장(擴張)은,
생명 진실의 진정한 자기(自己) 가치 추구의
세계로 승화(昇華)하니,

이,
무한 세계,
무한 생명(生命) 중(中),
연약한,
살갗의 아픔을 무한 승화시킨
진주조개의 아픔과 그 고통의 진실이 무엇인지를
그 정신 길을 깊이 자각(自覺)하고,
그 숭고한 순수 정신의 마음 길을 깨달으며
사유(思惟)하니,

그

생명 살갗의
아픔을 승화시킨, 숭고한 정신의 결정체,
그 때묻음 없는, 순수 정신을 갈무린
절제(節制)의 극(極)한 정신 승화의 절정(絶頂),
그,
정갈한, 순수 정신(精神) 신비의 빛깔,
이(是), 무한, 자기 절제(節制)가 빚은 아름다운
진주(珍珠),

이(是), 숭고한 가치(價値),
으뜸,
그리고, 뛰어남,
평범(平凡)을 초월(超越)한 순수 결정체(結晶體),
순수 순결한 정신(精神)의 향기(香氣)로
자신을 극도(極度)로 갈무린
정갈한 그 모습은,
그 아무나, 또한, 함부로 넘볼 수 없는
무한, 순수의 빛,

그
정신(精神)은,
그 무엇도 따를 수 없는, 순결의 빛,
순수(純粹),

환(幻) 11

그리고, 아름다운 순결(純潔), 그 모습,
오직,
우뚝, 돋보임,

이는,
극한(極限), 자기(自己) 절제(節制)가 빚어낸
극도(極度)의 순수(純粹), 정신의 향기(香氣),
극치(極致)의 아름다움이니,

이(是),
자기(自己), 한계를 극복한 승화(昇華)의
절정(絶頂),
절대(絶對)의 가치(價値),

이 자체(自體)는,
그 누구나,
그리고, 누구에게나 마냥,
그냥, 아무렇게나,
그저 주어지는 것이 아니다.

또한,
이 결정체(結晶體)가,
우연히, 그저 이루어지는 것이 아니니,

이는, 흔하거나,
예사로움의 것이 아니다.

이(是),
무한(無限)을 향한 동공(瞳孔),
또한,
이(是), 열린 시선(視線),
깊은 깨달음, 심안(心眼)이 열린, 각성(覺醒)
안목(眼目)은,
그냥, 우연히 주어진 것이 아니다.

나,
생명(生命),
시(時)의 흐름 속,
초연(超然)히,
심안(心眼)이 열린 혜안(慧眼)의 시선(視線)이,
살아온, 춘하추동 삶의 흔적,
물과 불, 흙과 바람의 촉각과 감각 속에
환(幻) 꽃의 깊은 향기(香氣)를 찾아,
젊음의 시간이, 홀연 듯 다 흐르고,
삶의 진실을 찾아,
동서남북, 많은 헤맴의 시간과 세월이 흐른

지금,
아무것도, 담은 것 없는 시선(視線),
초연(超然)한 동공(瞳孔)은,
천지(天地), 삼라만상(森羅萬象)을 밝게 비치는,
밝은 마음 빛, 하나뿐임을
깨닫는다.

삶의
자취를 되돌아보면,
삶의 궁극(窮極), 무한 향기(香氣)를 찾아,
바람의 환인(幻人)이 되어
물처럼 흐르며,
흐르는 뭇 물길 속에, 무한 궁극(窮極)을 향해
순수 의지(意志)의 정신을 몰입(沒入)하며
뭇 물길을 따라, 정신 없이 흐르는
시간도 있었으며,

불이,
무한 불씨의 열기와 밝은 빛이
생명체의 몸과 마음을 따뜻하게 하며,
그 밝은 빛이, 생명의 의식(意識)을 일깨우고
빛의 세상을 열어주는, 그 불씨의 삶을 바라보며,

세상 흐름 속, 한 생명의 불씨가 되어
생명들의 몸과 마음을 따뜻하게 해주고자
따뜻한 불씨의 마음, 순수 열정과 용기를 다하는
순수 기쁨의 시간이, 가슴에 흐르는 이음의
세월도 있었으며,

흙이,
무한 생명, 만물을 차별 없이 사랑하고,
그 모든 만물의 생명을 싹트게 하며
무수 생명 씨앗의 꿈, 아름다운 꽃을 피게 하여
뭇 색깔의 꽃과 뭇 향기가 세상을 아름답게 하는
그 흙의 순수 무한 사랑, 품성의 삶을 보며,
아직,
부족한 내 의지(意志)와 정신(精神)을 갈무리며,
다스리는, 절제(節制)와 성숙의 흐름 속에
흙의 진실한, 숭고한 사랑 품성에 순수 감동으로,
내 생명 품성을, 흙의 품성으로 조율(調律)하는
순수 의지(意志)의 정신 숨결이 살아 숨쉬는
시간의 흐름도 있었으며,

또한, 어느 하루는, 초연심(超然心) 속에
무한 정신(精神)이 열리며,
자기(自己), 모습 실체(實體) 없는

불가사의 바람의 실상(實相)을 보며,
바람이 불어도,
바람이 어느 곳으로부터 온 곳도 없고,
바람이 사라져도, 바람이 어디로 간 것도 아니며,
바람이 불어도, 바람은 바람일 뿐,
형체도, 실체의 모습도 없어,
잡을 것도, 이것이라 할 것도 없으나,
나뭇잎이 흔들림을 보며, 그것이 바람임을 알고,
또한, 피부의 촉각으로, 그것이 바람임을 느낄 뿐,
그 바람이, 실체가 없음을 깊이 자각(自覺)하는
무한 정신 승화(昇華)의 깊은, 심안(心眼)이
열리었다.

그리고, 그 무한 정신(精神)이 열린
정신촉각(精神觸覺)의 순간부터,
이(是),
바람과 나는, 다를 바가 없었고,
나, 존재의 실상(實相) 또한,
이것이라 할 모습도, 실체(實體)도 없어,
있는 듯 하나, 그 존재의 실체(實體)가 없고,
없는 듯 하나, 바람이 나뭇잎을 흔들 듯,
나 없지 않음을 누구나, 의식(意識)과
감각(感覺)으로 알고,

살아 있는 촉각(觸覺)으로 느끼는
바람일 뿐이다.

자기 모습, 실체(實體) 없는 바람은,
내가,
무한 열린 정신(精神)의 궁극(窮極)을 향해
무수(無數),
물길 따라 흐르며,
불길 따라 정신을 승화(昇華)시키고,
흙의 품성을 따라 내 생명 성품을 조율하며,
무한 열린, 불가사의 궁극(窮極)을 향해,
물처럼 바람처럼 흐르는 나의 흐름이 끊어지도록
정신을 청량하게 하는 무한 기쁨을 주었으며,
또한, 바람은,
평안한, 나의 평화로운 마음까지 초월하게 하는
무한(無限) 흐름으로 이끎도 있었다.

이(是),
물, 불, 흙, 바람 길의 삶,
순수 의식(意識)의 촉각을 따라 사유(思惟)하고,
무한 자각(自覺)과 이끌림의 신명을 좇아
춘(春), 하(夏), 추(秋), 동(冬) 흐름 속에,

동(東), 서(西), 남(南), 북(北)으로 물처럼 흐르며,
바람처럼 살은 삶이

한갓,
환(幻)이었음을 깨달음은,
삶이, 무엇인지를 깊이 자각(自覺)하는
오직, 순수 진실(眞實)의
순간이다.

이 순수, 진실의 시선(視線)은,
물, 불, 흙, 바람 길을 따라,
동, 서, 남, 북, 물처럼, 바람처럼 흐르며,
춘하추동 삶의 촉각, 경험과 흔적이 쌓여
홀연히, 자각(自覺)의 시선(視線)으로 바라보는
삶의 안목(眼目), 실상(實相)이다.

이(是),
생명(生命)의
꽃잎이 떨어지는 그 순간,
삶을 바라보는 깊은 자각(自覺)의 시선(視線)은,
생명의 삶이 흐르는 사계(四季)를 따라 겪은,
맞닿는 삶의 물과 불, 흙과 바람,

그리고, 어느 한 티끌도 잡은 것 없는
텅 빈 허공의 경험과
그 마음, 살갗에 새겨진 감정들이 응축(凝縮)된
통찰의 시선(視線)이다.

이는,
살아온, 삶의 실상(實相)을,
삶의 시간이 쌓여, 축적된 경험으로 통찰하는
무한 정신이 열린 혜안(慧眼)이니,

곧,
삶, 그 자체가
무엇 하나, 잡을 것 없는,
환(幻)임을 깨닫는
삶의 실상(實相), 그 진실(眞實)의 진리(眞理)를
깊이 자각(自覺)하는
순간이다.

그,
무엇이든,
환(幻)임을 알면
환(幻)에 속지 않으나,

환(幻)임을 모르면
환(幻)에 이끌린 환심(幻心)을 따라
환인(幻人)의 삶을 살게 된다.

이(是),
촉각(觸覺)이,
환(幻) 속에 있을 때는
환(幻)임을 자각(自覺)하지 못해도,
환(幻)임을 깊이 자각(自覺)하는 그 순간
환(幻)에 이끌린 환심(幻心)이 사라져,
환(幻)임을 깨달은 자각의 동공(瞳孔)은,
심안(心眼)이 열린 혜안(慧眼)의 시선(視線)으로
모든 삶과 사물(事物)을 보게 된다.

이는,
삶의 일체가 환(幻)이며,
그 환(幻)의 실상(實相)을 깨달은
심안(心眼)이 열린, 혜안(慧眼)의 시선(視線)이다.

그,
무엇이든,
환(幻)임을 모름은,

그 실상(實相)을 밝게 아는
심안(心眼)이 열리지 않은 시선(視線)이니,

무엇이든,
그 실상(實相)을 밝게 보는
깊은 심안(心眼)이 열리지 않으면,
환(幻)을 좇는, 환심(幻心)의 회오리 속에
환인(幻人)의 삶을 살게 된다.

그러나,
삶, 자체가 환(幻)이므로,
환(幻)을 벗어난 삶은 또한, 없으니,
환(幻)이 환(幻)임을 앎이,
삶의 실상(實相),
심안(心眼)이 열린 혜안(慧眼)이며,

환(幻)이,
환(幻)임을 모름이,
환(幻)에 휩싸인, 환심(幻心)의 삶이다.

환(幻)도,

사물(事物)의 실상(實相)을 밝게 깨달은
지혜(智慧)의 심안(心眼)이 열린 지혜의 세계
실상(實相)의 혜안(慧眼)이 있으며,

또한,
삶의 진실과 그 실상을
피부의 촉각(觸覺)으로 느끼며,
마음의 깊은 자각(自覺)의 울림으로 눈을 뜬,
삶을 통찰하는 진실의 의식(意識)이 깨어나
삶을 바라보는 경험의 시선(視線)인
안목(眼目)이 있다.

또한,
환(幻)이 있으니,
지혜(智慧)의 심안(心眼)이 열림도 아니고,
삶을 통찰하는 의식(意識)이 깨어난 것도 아니며,
삶이 환(幻)임을 모르고, 환(幻)을 좇는
환인(幻人)의 삶이다.

만약,
삶의 일체(一切)가
실체(實體) 없는 환(幻)임을 깨달아

홀연히, 삼세(三世)가 끊어져,
천지(天地)도 흔적 없는 적연(寂然)한 곳에,
일물(一物) 없는 성품이 활짝 열리어
무한(無限), 무변일체(無邊一切)에 두루 밝아,
시종(始終) 없고, 근본(根本) 없는 밝음이
만약, 명확(明確)하고, 명백(明白)하며,
또한, 확연(確然)하고, 또한, 확연(確然)하면,
이는,
일체초월(一切超越), 무일물(無一物),
시종(始終) 없는 밝음인,
본성(本性)을 깨달은, 심안(心眼)이 열린
지혜(智慧)이다.

도요(道了) 다례원장 **박명숙** 敬心

반야(般若)의 꽃

반야심경(般若心經)은,
실상지혜(實相智慧), 반야심(般若心)으로
청정본성(淸淨本性) 바라밀다(波羅蜜多)에 이르는,
깨달음의 청정지혜(淸淨智慧)로,

구경열반(究竟涅槃)과
아뇩다라삼먁삼보리(阿耨多羅三邈三菩提)의
마하반야(摩訶般若), 무상청정(無相淸淨)
바라밀다심(波羅蜜多心)에 이르는,
무상청정심(無相淸淨心)인 반야심(般若心)의
경(經)이네.

심경(心經)은,
무상청정심(無相淸淨心)의 경(經)이니,
청정실상(淸淨實相)의 깨달음으로
무상(無相) 반야심행(般若心行)이 피어난

청정지혜(淸淨智慧)의 꽃이네.

심경(心經)은,
청정공성(淸淨空性)의
실상지혜(實相智慧)이며,
무상청정심(無相淸淨心) 반야(般若)의 지혜인
색불이공(色不異空) 공불이색(空不異色),
색즉시공(色卽是空) 공즉시색(空卽是色)의
깨달음 길을 안내하고,
깨달음 길을 열어주며,
깨달음 완전한 완성에 이르는
깨달음 청정지혜, 마하반야(摩訶般若)에 들어,

깨달음,
구경(究竟)의 무상심(無上心),
심청정(心淸淨) 바라밀다심(波羅蜜多心)에
이르게 하네.

동서남북(東西南北),
삼세(三世) 시방법계(十方法界)의
모든 보살(菩薩)이,

일체 상(相) 없는 청정(淸淨) 반야심(般若心)
무상지혜(無相智慧)에 의(依)해,
일체고(一切苦)가 없는
청정 본성(本性)의 성품, 청정본심(淸淨本心)인
바라밀다심(波羅蜜多心)의 구경열반(究竟涅槃)에
이르고,

일체(一切)
삼세제불(三世諸佛)이,
일체 법(法)이 없는 청정(淸淨) 반야심(般若心)
무상지혜(無上智慧)에 의(依)해,
위 없는 궁극무상(窮極無上)
최상(最上) 깨달음 불각(佛覺)인
완전한 지혜(智慧) 아뇩다라삼먁삼보리,
무상불지(無上佛智)의 지혜광명(智慧光明)세계에
듦이네.

오직,
심경(心經)에 귀의일심(歸依一心)으로
심경(心經)을 받들며,
심경(心經)에 의지(依支)하여
심경(心經)의 지혜를 지극히 수순(隨順)함으로,

심경(心經)의 청정지혜 반야심(般若心)으로
일체(一切) 상(相)이 없는
무상(無相), 청정심(淸淨心)의 지혜세계
그 길을 향하면,

누구나,
일체고(一切苦)를 벗어나,
무한(無限) 궁극(窮極) 평온의 깨달음세계
구경열반(究竟涅槃)에 이르며,

또한, 누구나,
상(相) 없는 반야(般若) 지혜(智慧)의 꽃,
청정(淸淨) 반야심(般若心)으로
위 없는 무상청정(無上淸淨) 깨달음 세계,
무상(無相), 무한광명(無限光明) 무변제(無邊際)의
무상청정(無上淸淨) 지혜심(智慧心)인
바라밀다(波羅蜜多),
무한(無限) 궁극(窮極)의
무상불지혜(無上佛智慧)에 이르러,

제불광명(諸佛光明)의
불가사의(不可思議) 원만불지혜(圓滿佛智慧),

무상청정(無上淸淨) 대원만불각(大圓滿佛覺)인
본성각명(本性覺明)의
아뇩다라삼먁삼보리(阿耨多羅三邈三菩提)를
성취하네.

이(是),
완전한 깨달음,
무상보리(無上菩提)의 성취(成就)에 이르는
깨달음 지혜(智慧) 완성(完成)의
그 길,
그 지혜(智慧),
이것이,
마하반야바라밀다심(摩訶般若波羅蜜多心)의
경(經)이네.

1장_
심경본문
(心經本文)

摩訶般若波羅蜜多心經
마하반야바라밀다심경

觀自在菩薩 行深般若波羅密多時 照見五蘊皆空
관자재보살 행심반야바라밀다시 조견오온개공

度一切苦厄 舍利子 色不異空 空不異色 色卽是空
도일체고액 사리자 색불이공 공불이색 색즉시공

空卽是色 受想行識 亦復如是 舍利子 是諸法空相
공즉시색 수상행식 역부여시 사리자 시제법공상

不生不滅 不垢不淨 不增不減 是故 空中無色 無受
불생불멸 불구부정 부증불감 시고 공중무색 무수

想行識 無眼耳鼻舌身意 無色聲香味觸法 無眼界
상행식 무안이비설신의 무색성향미촉법 무안계

乃至 無意識界 無無明 亦無無明盡 乃至 無老死
내지 무의식계 무무명 역무무명진 내지 무노사

亦無老死盡 無苦集滅道 無智 亦無得 以無所得故
역무노사진 무고집멸도 무지 역무득 이무소득고

菩提薩埵 依般若波羅密多 故心無罣碍 無罣碍故
보리살타 의반야바라밀다 고심무가애 무가애고

無有恐怖 遠離顚倒夢想 究竟涅槃 三世諸佛 依般
무유공포 원리전도몽상 구경열반 삼세제불 의반
若波羅密多 故得阿搙多羅三邈三菩提 故知般若波
야바라밀다 고득아뇩다라삼먁삼보리 고지반야바
羅密多 是大神呪 是大明呪 是無上呪 是無等等呪
라밀다 시대신주 시대명주 시무상주 시무등등주
能除一切苦 眞實不虛 故說般若波羅密多呪 卽說呪
능제일체고 진실불허 고설반야바라밀다주 즉설주
曰 揭諦揭諦 波羅揭諦 波羅僧 揭諦 菩提 娑婆訶
왈 아제아제 바라아제 바라승 아제 모지 사바하

나,
억겁(億劫)
본래 모습 청정성품 그 마음
세세생생(世世生生) 물듦 없는 그 성품이
마하(摩訶)이며,

보고 듣는 그 마음
본래, 상(相) 없어 청정(淸淨)하니
반야(般若)이며,

그 길로 이끄시니
불세존(佛世尊)의 말씀이라
경(經)이라 하네.

2장_
심경(心經) 새김

摩訶般若波羅蜜多心經
마하반야바라밀다심경

대(大) 반야(般若)인
바라밀다심(波羅蜜多心)의 경(經)

觀自在菩薩 行深般若波羅密多時
관자재보살 행심반야바라밀다시

관자재보살(觀自在菩薩)이
깊은 반야바라밀다행(般若波羅蜜多行)할
시(時)에

照見五蘊皆空 度一切苦厄
조견오온개공 도일체고액

오온(五蘊)이, 다 공(空)함을 밝게 보아
일체고액(一切苦厄)을 벗어났네.

舍利子
사리자

사리자여!

色不異空 空不異色
색불이공 공불이색

색(色)이, 공(空)과 다르지 않고
공(空)이, 색(色)과 다르지 않아

色卽是空 空卽是色
색즉시공 공즉시색

색(色)이 즉, 이(是) 공(空)이며
공(空)이 즉, 이(是) 색(色)이니

受想行識 亦復如是
수상행식 역부여시

수상행식(受想行識)이
또한, 역시 이와 같다네.

舍利子
사리자

사리자여!

是諸法空相 不生不滅 不垢不淨 不增不減
시제법공상 불생불멸 불구부정 부증불감

이 모든 법(法)의 공(空)한 상(相)은
생(生)이 아니며, 멸(滅)도 아니며
더러움도 아니며, 깨끗함도 아니며
많아짐도 아니며, 줄어듦도 아니라네.

是故 空中無色 無受想行識
시고 공중무색 무수상행식

이런 까닭에
공(空)한 가운데는 색(色)도 없고
수상행식(受想行識)도 없으며

無眼耳鼻舌身意 無色聲香味觸法
무안이비설신의 무색성향미촉법

안이비설신의(眼耳鼻舌身意)도 없고
색성향미촉법(色聲香味觸法)도 없으며

無眼界 乃至 無意識界
무안계 내지 무의식계

안식계(眼識界)도 없고
내지, 의식계(意識界)도 없으며

無無明 亦無無明盡
무무명 역무무명진

무명(無明)도 없고
또한, 무명(無明)이 다함도 없으며

乃至 無老死 亦無老死盡
내지 무노사 역무노사진

내지, 노사(老死)도 없고
또한, 노사(老死)가 다함도 없으며

無苦集滅道 無智 亦無得 以無所得故
무고집멸도 무지 역무득 이무소득고

고집멸도(苦集滅道)도 없고
지혜(智慧)도 없으며
또한, 얻음도 없고
얻을 바가 없는 까닭으로

菩提薩埵 依般若波羅密多 故心無罣碍
보리살타 의반야바라밀다 고심무가애

보리살타(菩提薩埵)는
반야바라밀다(般若波羅蜜多)에 의(依)해
그러므로, 마음이 걸림의 장애(障碍)가 없고

無罣碍故 無有恐怖 遠離顚倒夢想 究竟涅槃
무가애고 무유공포 원리전도몽상 구경열반

걸림의 장애(障碍)가 없는 까닭으로
무서움도 두려움도 없고
전도(顚倒)의 헛된 생각을 멀리 벗어난
구경열반(究竟涅槃)이며

三世諸佛 依般若波羅密多
삼세제불 의반야바라밀다

삼세(三世)의 모든 부처님도
반야바라밀다(般若波羅蜜多)에 의(依)해

故得阿耨多羅三邈三菩提
고득아뇩다라삼먁삼보리

그러므로, 아뇩다라삼먁삼보리를 얻음이네.

故知般若波羅蜜多
고지반야바라밀다

그러므로, 알아야 하네.
반야바라밀다(般若波羅蜜多)는

是大神呪 是大明呪 是無上呪 是無等等呪
시대신주 시대명주 시무상주 시무등등주

이(是), 대(大) 신비(神秘)의 주(呪)이며
이(是), 대(大) 밝음의 주(呪)이며
이(是), 위 없는 주(呪)이며
이(是), 견줄 것 없는 주(呪)이니

能除一切苦 眞實不虛

능제일체고 진실불허

능히, 모든 괴로움을 제거(除去)함으로
진실(眞實)하여 헛되지 않네.

故說般若波羅密多呪 卽說呪曰
고설반야바라밀다주 즉설주왈

그러므로, 반야바라밀다 주(呪)를 설(說)함이네.
곧, 설(說)하여 주(呪)를 말하니

揭諦揭諦 波羅揭諦 波羅僧 揭諦 菩提 娑婆訶
아제아제 바라아제 바라승 아제 모지 사바하

이르리라 이르리라
평온에 이르리라
완전한 평온에 이르리라
완전한 깨달음, 보리(菩提)의 완성(完成)이여!

3장_
심경(心經) 뜻

마하(摩訶)

마하(摩訶)는,
대(大)의 뜻이네.

이는,
무상(無相)
무한(無限)
실상(實相)
무변제(無邊際)의 청정성품을 일컬음이네.

이는,
마음 본(本) 성품의 모습이니,

나 없어,
상(相)이 없고,
상(相)이 없는 그 성품 청정(淸淨)하여

무한(無限)이네.

나 없어,
나 없는 성품
무엇에도 머묾이 없으니,

이(是),
성품 상(相)이 없어,
상(相)이 없는 이 성품, 청정(淸淨) 실상(實相)이
무한(無限) 무변제(無邊際)이므로,

이(是) 성품,
무한(無限)이라 대(大)이니,
이를 일러 곧, 마하(摩訶)라고 하네.

마하반야(摩訶般若)

마하반야(摩訶般若)는,
대반야(大般若)이네.

이는,
나 없고, 상(相) 없는 성품,
무한(無限)
무변제(無邊際)의 성품으로
두루 밝고 밝으며, 걸림 없는 대지혜(大智慧)로,

나 없는, 청정(淸淨) 성품,
무상(無相)
무한(無限)
실상(實相)
무변제(無邊際)의 청정성품으로,
무엇에도 걸림 없이, 두루 밝은 지혜(智慧)를
일컬음이네.

이는,
나 없는, 본래(本來) 성품,
본래(本來), 두루 밝은 청정성품의
지혜(智慧)이네.

본래(本來), 나 없어,
상(相)이 없고,
무엇에도 머묾 없이 두루 밝고 밝은
무변제심(無邊際心)이니,
이것이, 마하반야(摩訶般若)이네.

이(是), 마음,
이(是), 지혜(智慧)가,
무엇보다
크고, 큰 것이어서, 무변제(無邊際)이며,
마하(摩訶)가 아니라,

본래(本來), 나 없고,
상(相)이 없으니,
그 성품 무한(無限)이며, 무변제(無邊際)이니,
그 마음 청정성품, 청정지혜(淸淨智慧)가

마하반야(摩訶般若)이네.

본래(本來),
나 없고, 상(相)이 없어,
상(相) 없는 무한(無限) 무변제(無邊際)인
본연무상(本然無相) 청정성품,

이(是), 성품,
실상(實相), 무상청정(無相淸淨) 이 마음 성품,
무변제심(無邊際心)이
곧, 마하반야(摩訶般若)이네.

바라밀다(波羅蜜多)

바라밀다(波羅蜜多)는,
청정(淸淨) 성품인 본성(本性)이네.

이(是), 성품은,
일체상념(一切想念)인
몸과 마음의 일체상(一切相),
일체(一切)의 식심(識心)을 벗어난
본연(本然) 청정성품인 마하반야심(摩訶般若心)이
곧, 바라밀다(波羅蜜多)이네.

이(是), 성품은,
나 없는 불지혜(佛智慧),
무상(無相)
무한(無限)
실상(實相)

무변제(無邊際)의 성품으로,
본래(本來), 본연(本然)의 청정심(淸淨心)이
곧, 바라밀다(波羅蜜多)이네.

이(是), 성품은,
본래(本來), 나 없고,
상(相) 없는 무변제(無邊際)의 성품으로,
무한(無限) 실상(實相),
본래(本來), 청정성품 무변제심(無邊際心)이
곧, 바라밀다(波羅蜜多)이네.

이(是),
무변제심(無邊際心)의 성품은,
실체(實體) 없는 무자성(無自性)의 공상(空相)인
환(幻)을 좇아,
나 있음을 보는 망념(妄念)과 망견(妄見)의
착시(錯視)와

실체(實體) 없는 공(空)한 모습,
상(相)의 환(幻)에 전도(顚倒)된 착각(錯覺)과

실체 없는 공성(空性)의 환(幻)에 머무른

무명(無明), 일체(一切)의 분별심(分別心)인
오온심(五蘊心), 그 자체(自體)가 없는
본연(本然) 무변제(無邊際)의 청정성품이네.

본래(本來), 나 없고,
상(相)이 없으니,
무한(無限) 성품 무변제심(無邊際心)이라,

상(相)의 환(幻)에 머묾의
미혹(迷惑)과 무명(無明)이 없어,

궁극(窮極),
무한(無限) 평안(平安)의 대열반심(大涅槃心)인
본래(本來), 상락아정(常樂我淨)이니
바라밀다(波羅蜜多)라 이름하네.

반야바라밀다(般若波羅蜜多)

반야바라밀다(般若波羅蜜多)의
반야(般若)는,
나 없고, 상(相) 없는,
청정심(淸淨心)의 무상지혜(無相智慧)이며,

바라밀다(波羅蜜多)는,
나 없고, 상(相) 없는,
청정심(淸淨心)인 본성(本性)이네.

그러므로,
반야바라밀다(般若波羅蜜多)는,
나 없고, 상(相) 없는,
청정(淸淨)성품 실상지혜(實相智慧)인
무상무변(無相無邊) 구경열반심(究竟涅槃心)이며,

나 없고, 상(相) 없는,
청정(淸淨)성품 무상무변제심(無相無邊際心)인
마하반야심(摩訶般若心)이며,
아뇩다라삼먁삼보리심(阿耨多羅三邈三菩提心)
이네.

이는,
나 없고,
상(相) 없는 청정성품 마음에,
일체(一切), 상(相)의 분별심(分別心)인
무엇에도 머묾의 심상(心相)이 없어
청정(淸淨)하니,

이(是),
물듦 없는 청정(淸淨)성품은,
본래(本來), 본연(本然)의 성품 청정심(淸淨心)
그대로이네.

나 없는, 청정(淸淨)성품이
무상(無相) 무변제(無邊際)이며,
무한(無限) 무변제(無邊際)이며,

실상(實相) 청정(淸淨) 무변제(無邊際)의
성품으로,
무변제심(無邊際心)인 그 마음, 청정성품이
반야바라밀다(般若波羅蜜多)이네.

이는,
나 없는, 청정지혜(淸淨智慧)이니,
일체(一切), 분별심(分別心)의 상(相)이 없어
반야(般若)라 하네.

이(是), 청정성품은,
그 무엇 어디에도 머묾이 없어, 상(相)이 없고,

또한,
그 어떤 무엇, 상(相)의 티끌에도 머묾이 없는
본래(本來), 청정(淸淨)한 그 성품 그 마음이니,
그 어떤 미혹(迷惑)과 무명(無明)도 없는
본래(本來) 청정(淸淨), 그 마음이네.

이는,
본래(本來), 상(相) 없는 청정(淸淨)성품인,
그 모습, 본래청정성(本來淸淨性) 그대로이므로,

그 이름이, 나(我) 없고, 상(相) 없는 청정지혜
반야(般若)이며,

또,
본래(本來) 성품, 그 마음,
곧, 본래청정심(本來淸淨心)이니,
그 마음이 나 없고, 상(相) 없는 본성(本性)의
청정지혜(淸淨智慧)인 청정성품(淸淨性品)이므로
반야바라밀다(般若波羅蜜多)라 이름하네.

그러므로,
반야바라밀다(般若波羅蜜多)는,
상(相) 없는 청정지혜(淸淨智慧)와
상(相) 없는 청정성품(淸淨性品)이니,
반야(般若)는, 바라밀다(波羅蜜多)의 지혜이며
바라밀다(波羅蜜多)는, 반야(般若)의 성품이네.

이(是), 성품,
본래(本來), 청정성(淸淨性) 그대로이며
본래(本來), 청정심(淸淨心) 그 모습이므로
상(相)이 없어,

그 어떤 무엇에도,
물듦이 없고, 물들 것이 없어,
본래(本來), 청정(淸淨)한 그 모습 그대로이네.

이(是), 성품, 청정심(淸淨心)은,
그 어떤 미혹(迷惑)과
그 어떤 무명(無明)도 없는,
무변제(無邊際)의 본연(本然) 청정성품이므로,
반야바라밀다(般若波羅蜜多)라 이름하네.

이(是), 청정성품,
이(是), 무한(無限) 무변제(無邊際)의 성품인
청정성(淸淨性)의 마음이니,

이(是),
부사의 성품, 그 무변제심(無邊際心)을 일컫고
이름함이, 마하반야심(摩訶般若心)이며,

이는, 그 어떤 미혹(迷惑)과
그 어떤 무명(無明)도 없는 무변제(無邊際)인
본연(本然), 청정(淸淨)성품이니,
마하반야바라밀다(摩訶般若波羅蜜多)라 이름하네.

이(是), 성품은,
본래(本來)의 청정(淸淨)성품으로,
본연(本然)의 성품 청정실상(淸淨實相) 그대로인
무한(無限) 무변제심(無邊際心)이며,

일체(一切) 상(相)이 없는,
반야(般若), 무상(無相) 지혜의 성품이
곧, 본연청정(本然淸淨) 성품이며,
무상청정(無相淸淨) 그대로, 본연본심(本然本心)
실상(實相)이니,
반야바라밀다(般若波羅蜜多)라 하네.

바라밀다심(波羅蜜多心)

바라밀다심(波羅蜜多心)은,
상(相) 없는 나의 청정본연(淸淨本然)의 모습,
궁극(窮極)이며,
무한(無限)이며,
무변제(無邊際)의 본연청정심(本然淸淨心)이네.

이는, 청정본심(淸淨本心)으로,
상(相) 없는, 청정본성(淸淨本性)의 성품이니,
무상(無相) 무변제(無邊際)
무한(無限) 무변제(無邊際)
청정실상(淸淨實相)의 무변제심(無邊際心)이네.

이(是), 청정심(淸淨心)은,
본연(本然),
불가사의 무변제(無邊際)의 청정심(淸淨心)이니,
이는, 궁극(窮極)의 무상구경심(無上究竟心)이며,

본연(本然), 무상청정심(無上淸淨心)이라,
바라밀다심(波羅蜜多心)이라 하네.

이(是),
바라밀다심(波羅蜜多心)은,
본래(本來), 본연(本然) 청정심(淸淨心)이니,
나 없어, 오온(五蘊)의 티가 없고,
상(相) 없는 무변청정(無邊淸淨) 성품의
마음이니,
나 없고, 상(相)이 없어,
무한(無限) 무변제심(無邊際心)이네.

이(是),
무변청정(無邊淸淨) 반야심(般若心)인
바라밀다심(波羅蜜多心)의 성품은
그 무엇에도 머묾이 없어,
무한(無限) 무변제심(無邊際心)이니,

이(是),
무변청정심(無邊淸淨心)은,
그 무엇에도 걸림이 없고, 머묾이 없어,
심자재심(心自在心)이며, 상자재심(相自在心)이네.

이(是),
무변청정심(無邊淸淨心)은,
무엇에도 걸림 없는
본연청정(本然淸淨) 무상지혜심(無相智慧心)이며,
무상청정심(無上淸淨心)이니,

이(是),
본연(本然), 무상무변청정심(無相無邊淸淨心)을
일컫고, 이름하여,
곧, 바라밀다심(波羅蜜多心)이라 하네.

심경(心經)

심경(心經)은,
공(空)한 청정실상(淸淨實相),
무한무변제(無限無邊際)의 성품인
청정마하심(淸淨摩訶心)의 길(道)이네.

이(是), 지혜(智慧)의 길,
무한(無限),
궁극(窮極), 완연(完然)한 청정(淸淨)의 깨달음,
지고(至高)한 무상지혜(無上智慧)인
무상(無上) 무상심(無相心), 실상반야(實相般若)의
가르침이네.

심경(心經)인,
심(心)의 경(經), 경(經)의 심(心)은,

곧, 본연(本然) 청정(淸淨),
무한(無限) 무변제(無邊際)의 성품인
마하심(摩訶心)이며
반야심(般若心)이며
마하반야심(摩訶般若心)이며
반야바라밀다심(般若波羅蜜心)이며
구경열반심(究竟涅槃心)이며
아뇩다라삼먁삼보리심(阿耨多羅三邈三菩提心)
이네.

곧, 이(是)는,
무한(無限) 무변제(無邊際)의 성품이며,
일체(一切) 청정(淸淨), 오온개공심(五蘊皆空心)인
청정반야심(淸淨般若心)의 실상세계(實相世界)
무상(無相) 구경심(究竟心)이며,
무한(無限) 무변제(無邊際)의 성품인
본연(本然) 청정(淸淨) 무상심(無相心)이며,
본연(本然) 청정(淸淨) 무상지혜(無相智慧)인
불지(佛智),
바라밀다심(波羅蜜多心)이네.

이(是)는,

곧,

나 없고, 상(相) 없는 성품,

본연(本然) 무상(無相)

본연(本然) 무한(無限)

본연청정(本然淸淨) 무변제심(無邊際心)이네.

이(是), 마음,

일체(一切) 상(相)에 머묾이 없어,

청정(淸淨)한 이 마음 성품은,

색계(色界)와 식계(識界)의 일체상(一切相),

일체분별(一切分別),

그 어떤 무엇에도 걸림 없으니,

일체상(一切相) 초월(超越) 지혜(智慧)이므로,

무상(無相)이며,

무한(無限)이며,

무상궁극(無上窮極) 청정(淸淨)성품인,

무상무변제(無相無邊際)의 무한(無限)성품이니,

곧, 마하반야바라밀다심(摩訶般若波羅蜜多心)이라

일컫고, 이름하네.

경(經)이란,
길이며, 도(道)이며, 법(法)이며,
정(正)이며, 명(明)의 지혜(智慧) 가르침이니,

경(經)이란,
마음과 정신(精神)과 삶을 이롭게 하고,
무명의식(無明意識)을 일깨우는
선지식(善知識)이네.

경(經)이 길임은,
누구나 가야 할, 이로운 것이기 때문이네.

경(經)이 도(道)임은,
누구나 이로운, 심신(心身)의 삶이기 때문이네.

경(經)이 법(法)임은,
모두의 삶의 행복과 평화(平和)이기 때문이네.

경(經)이 정(正)임은,
바른 안목(眼目)의 세계, 가르침이기 때문이네.

경(經)이 명(明)임은,

누구나 의지해, 삶을 점검하는 밝음이기
때문이네.

경(經)이 지혜(智慧)임은,
미혹(迷惑)을 벗어나는 길(道)이기 때문이네.

경(經)이 가르침임은,
삶과 자신을 일깨우는, 이끎의 스승이기
때문이네.

심경(心經)은,
곧, 지혜(智慧)의 심(心)의 길이니,

이(是), 지혜(智慧)는,
오온개공무상심(五蘊皆空無相心)이며,
제법공상무변제심(諸法空相無邊際心)인
무상무변바라밀다심행(無相無邊波羅蜜多心行)
으로,
무상무변구경열반심(無相無邊究竟涅槃心)과
무상불지(無上佛智)인
아눅다라삼먁삼보리(阿耨多羅三邈三菩提)를
성취하는,

청정반야(淸淨般若)의 지혜(智慧)이네.

이(是),
심경(心經)의 심(心)은,
상(相) 없는 무상청정심(無相淸淨心)으로,
곧, 무한(無限) 무변제(無邊際)의 성품인,
마하심(摩訶心)이며
반야심(般若心)이며
마하반야심(摩訶般若心)이며
반야바라밀다심(般若波羅蜜心)이네.

이는,
나 없는, 무상(無相) 청정(淸淨)성품으로,
무한(無限) 궁극 무변제(無邊際)의 성품이니,

이는,
나의 본연(本然), 본래(本來)의 성품,
청정실상심(淸淨實相心)이네.

이(是),
본연(本然), 무한무변(無限無邊) 청정심(淸淨心)이
심경(心經)의 심(心)이니,

이는,
제법공상청정심(諸法空相淸淨心)이며
오온개공청정심(五蘊皆空淸淨心)이며
구경열반청정심(究竟涅槃淸淨心)이며
아뇩다라삼먁삼보리심(阿耨多羅三邈三菩提心)
이네.

이(是),
심(心)은, 나 없고, 상(相) 없는
본연(本然) 청정성품이니,
곧,
무한(無限) 무변제심(無邊際心)이며
청정(淸淨) 반야심(般若心)이며
무상(無相) 무한(無限), 무변제(無邊際)의 성품인
마하심(摩訶心)이네.

이는,
완전한 깨달음인,
본연청정(本然淸淨), 불가사의 성품 세계이며,
궁극(窮極) 무한평온(無限平穩)과
궁극(窮極) 무한평화(無限平和)의 성품 세계인
반야바라밀다심(般若波羅蜜心)이네.

이(是),
불가사의심(不可思議心), 모두가,
반야(般若), 청정지혜(淸淨智慧)의 꽃이 피어난
반야바라밀다심(般若波羅蜜心)의 세계이네.

이(是),
완전(完全)한 깨달음 길이,
청정 무변제(無邊際), 무한(無限) 지혜(智慧)의
무상(無上)의 길이며,

무상청정(無相淸淨),
반야(般若)의 무상(無上) 구경심(究竟心)이며,
청정본연(淸淨本然) 바라밀다심(波羅蜜多心)인
무상(無上), 무변제(無邊際)의 청정성품,
반야(般若),
마하(摩訶) 심(心)의 경(經)이네.

관자재보살(觀自在菩薩)

관자재보살(觀自在菩薩)은,
관(觀)이, 자재(自在)한 실상대지혜(實相大智慧),
마하반야(摩訶般若) 바라밀다심(波羅蜜多心)의
보살(菩薩)이네.

관(觀)이란,
일체상(一切相), 오온(五蘊)의 실상(實相)인
법(法)의 성품을 바로 봄이네.

이는,
오온(五蘊)의 일체상(一切相)이,
실체(實體) 없는 공성(空性)이니,
일체상의 성품이 불생(不生), 불멸(不滅)이며,
그 성품의 여실(如實)한 공성(空性)을 바로 봄이
관(觀)이네.

관자재(觀自在)에 있어서,
자재(自在)란,
관자재(觀自在)와 심공자재(心空自在)의 두 뜻이
한목 있음이네.

관자재(觀自在)는,
오온(五蘊)의 일체상(一切相)이 실체(實體) 없는
여실공(如實空)의 성품을 여실(如實)히 보는
관(觀)의 실상대지혜(實相大智慧)이며,

심공자재(心空自在)는,
실상대지혜(實相大智慧)에 의해
오온(五蘊)의 일체상(一切相)에 걸림 없는
실상대지혜심(實相大智慧心)인
공심자재심(空心自在心)이네.

이(是), 공심(空心)은,
나 없고, 상(相)이 없는 청정(淸淨) 성품인
공청정(空淸淨), 심공자재심(心空自在心)이니,

이(是), 성품은,
본연(本然) 심청정(心淸淨)으로,

무상(無相) 무변제(無邊際)의 성품이며
무한(無限) 무변제(無邊際)의 성품이며
실상(實相) 무변제(無邊際)의 청정(淸淨)성품이네.

이(是),
본연실상(本然實相) 성품인 그 마음이,
무상(無相) 무한(無限), 무변제지(無邊際智)이며,
무상(無相) 무한(無限), 무변제심(無邊際心)이네.

이(是)는,
곧, 청정실상(淸淨實相)의 성품,
마하반야(摩訶般若)의 공심(空心)을 일컬음이네.

이(是), 공심(空心)이,
곧, 청정법성심(淸淨法性心)이니,

이는,
나 없고,
상(相) 없는 무한(無限) 청정성품이네.

이는,
무상(無相), 무한심(無限心)으로,

공(空)한 청정(淸淨)성품인 마하심(摩訶心)이며,
무한(無限) 무변제(無邊際)의 성품이니,
일체상(一切相), 무상(無相)이며,
일체심(一切心), 무상(無相)이네.

이(是),
법성공심(法性空心)에 듦이,
곧, 자재심(自在心)인
공청정(空淸淨), 마하반야심(摩訶般若心)이네.

이(是), 공심공행(空心空行)인
관자재(觀自在)의 오온개공심(五蘊皆空心)은,
청정마하반야심(淸淨摩訶般若心)으로
일체상자재(一切相自在)이며,
일체심자재(一切心自在)이네.

이(是), 자재(自在)는,
상(相)과 식(識)에 걸림 없는,
무상(無相) 무아(無我)의
본연(本然) 청정(淸淨) 반야심(般若心)으로,
공청정(空淸淨) 무아무상심(無我無相心)이네.

이는, 곧,

상(相) 없는,

무한(無限) 궁극(窮極)의 무변제심(無邊際心)으로,

마하(摩訶), 반야바라밀다심(般若波羅蜜心)이네.

관자재(觀自在)는,

실상대지혜(實相大智慧)이며,

오온개공(五蘊皆空)의 법성자재(法性自在)이니,

일체상(一切相),

일체심(一切心)의 본연실상(本然實相)인

법성(法性)이 공청정(空淸淨) 여실(如實)하여,

공성(空性)인

일체(一切) 상(相)과

일체(一切) 심(心)에 걸림 없는 지혜(智慧)이니

관자재(觀自在)이네.

관(觀)이라 함은,

일체상(一切相), 일체심(一切心)의 법성(法性)이

공(空)한 청정여실(淸淨如實)의 성품을

여실(如實)히 보는 지혜(智慧)이네.

자재(自在)는,
법성(法性)이 공(空)한 청정여실(淸淨如實)의
성품에 들어,

오온(五蘊)의
일체(一切) 상(相)과
일체(一切) 식(識)과
일체(一切) 심(心)에 걸림이 없는,
무상(無相) 무한(無限), 무변제심(無邊際心)이네.

이는, 곧,
마하반야심(摩訶般若心)이며,
바라밀다심(波羅蜜多心)이네.

이(是),
청정무상심(淸淨無相心)이,
반야(般若)의 지혜(智慧)가 피어난,
신비(神秘)하고
심오(深奧)한 불가사의심(不可思議心)
심청정법연(心淸淨法蓮)이네.

이(是), 반야심(般若心)은,
상(相) 없는 지혜(智慧), 청정(淸淨)의 꽃이니,
궁극(窮極) 무상(無相)이며 무아(無我)의 성품,
청정(淸淨) 연화심(蓮花心)인, 바라밀다(波羅蜜多)
심경(心經)의
무상무변제(無相無邊際)의 성품,
마하청정심행(摩訶淸淨心行)의 지혜세계이네.

보살(菩薩)은,
보리살타(菩提薩埵)이니,
이는, 제법공성(諸法空性)인
법성(法性)의 실상(實相)을 밝게 깨달아
오온심(五蘊心)이 멸(滅)한
식멸공(識滅空)인 청정열반심(淸淨涅槃心)으로,
마하반야바라밀다행(摩訶般若波羅蜜多行)을 하는
대반야지혜자(大般若智慧者)이네.

이(是)는,
오온개공지(五蘊皆空智)로,
공청정(空淸淨), 무변법성(無邊法性)에 들어,
본연청정(本然淸淨) 법성수순(法性隨順)의
여실행(如實行)에 든

마하반야지혜자(摩訶般若智慧者)이네.

이(是)는,
오온개공심(五蘊皆空心)으로
식멸심(識滅心)의 무한(無限) 궁극(窮極)인
무변제(無邊際)의 청정열반심(淸淨涅槃心)에 든
반야바라밀다심행자(般若波羅蜜多心行者)이네.

이(是)는,
나 없는 성품,
청정무상(淸淨無相), 반야(般若) 실상행(實相行)인
청정실상지혜자(淸淨實相智慧者)이네.

그러므로,
관자재보살(觀自在菩薩)은,
무아(無我)
무상(無相)
무한(無限)
실상(實相)의
법성무변지혜행자(法性無邊智慧行者)이네.

이(是), 공심(空心)은,
무상청정심(無相淸淨心)이며
무한무변심(無限無邊心)이며
궁극마하심(窮極摩訶心)인
심청정(心淸淨), 무변제심(無邊際心)으로,

이(是), 심공(心空)이,
무변제(無邊際)의 마하심(摩訶心)인
청정공심(淸淨空心) 반야심행(般若心行)이며,
마하바라밀다심행(摩訶波羅蜜多心行)인
관자재보살행(觀自在菩薩行)이네.

행심반야바라밀다시
(行深般若波羅密多時)

행심반야바라밀다시(行深般若波羅密多時)는,
깊은,
반야바라밀다행(般若波羅蜜多行)의 시(時)이네.

이는, 관(觀)에,
오온(五蘊)의 일체(一切) 사량(思量)과
일체(一切) 분별(分別)이 끊어진,
무자성(無自性), 청정법성(淸淨法性)의
여실관행(如實觀行)이네.

이는,
무자성(無自性), 오온개공(五蘊皆空)의
청정여실관(淸淨如實觀)으로,
법성불이공성(法性不二空性)인 심청정(心淸淨),
무상청정관행(無相淸淨觀行)이네.

이는, 곧,
마하반야(摩訶般若) 바라밀다심행(波羅蜜多心行)
이네.

이(是),
행심반야바라밀다시(行深般若波羅密多時)는,
오온(五蘊)의 법성(法性)이 여실공(如實空)으로,
생멸(生滅), 유무(有無) 없는 불이성(不二性)이니,
청정무자성(清淨無自性)인 실상지(實相智)의
깊은, 관행(觀行)으로,

이(是), 청정심(清淨心),
무상(無相)
무한(無限)
실상(實相)
무변제(無邊際)의 청정성품,

일체청정(一切清淨) 무변제심행(無邊際心行)인
마하반야심행(摩訶般若心行)의 시(時)가
행심반야바라밀다시(行深般若波羅密多時)이네.

이(是), 성품,
이(是), 관행심(觀行心)은,
일체상(一切相) 무상(無相),
일체심(一切心) 청정(清淨) 무한(無限),
생불생(生不生), 멸불멸(滅不滅)의 실상(實相),
시불시(時不時), 상불상(相不相)의 법성(法性),
심불심(心不心), 공불공(空不空)의 무변제(無邊際)
청정성품의 불이성(不二性)이네.

이것이,
반야지혜(般若智慧)의 보살행(菩薩行)이네.

이(是)는,
상(相) 없어, 나 없는 성품,
무한(無限) 무변제심(無邊際心)의 청정성품,
청정지혜(清淨智慧)의 길이네.

이는,
나 없는, 청정(清淨) 무상심(無相心)인,
무한(無限) 무변제(無邊際)의 성품행(性品行)으로,
청정자비(清淨慈悲) 보살본연심(菩薩本然心)의
성품이네.

이(是),

본연(本然) 청정심(淸淨心),

무상(無相)

무한(無限)

실상(實相)

무변제(無邊際)의 청정성품 무상행(無相行)이,

보리살타(菩提薩埵) 청정반야(淸淨般若)의

길이네.

이(是),

무한(無限) 청정(淸淨) 무변제심(無邊際心)이,

반야지혜(般若智慧)의 바라밀다심(波羅蜜多心)

이며,

더없이 소중한,

청정생명(淸淨生命) 궁극(窮極) 가치의 삶인,

무상행(無相行)이니,

이것이,

무한(無限), 청정본연심(淸淨本然心)이며

본연(本然), 청정무변제심(淸淨無邊際心)인

반야(般若), 청정지혜(淸淨智慧)의 길이네.

이(是),
반야(般若), 무상(無相)지혜가 피어난,
본연(本然), 청정심(淸淨心)의 향기(香氣)가

오온(五蘊)의
일체(一切), 상(相)에 물듦 없는,
티 없는, 청정(淸淨)의 꽃, 심연(心蓮)이며,
나 없는, 지고(至高)한 지혜(智慧)의 성품이며,
본연(本然), 청정심(淸淨心)의 향기(香氣)인
반야(般若)의 삶이네.

이(是),
무상(無相), 무한(無限)
무변제심(無邊際心)인 청정지혜(淸淨智慧)의
삶이,

청정자비(淸淨慈悲)의 보살도(菩薩道)이며,
청정지혜(淸淨智慧)의 보리성도(菩提聖道)이며,
보리살타(菩提薩埵)의 반야(般若) 지혜의 길이네.

조견오온개공
(照見五蘊皆空)

조견오온개공(照見五蘊皆空)은,
일체(一切), 심식(心識)의 작용인
색수상행식(色受想行識)인 오온(五蘊)이
다, 공(空)함을 밝게 봄이네.

이는, 곧,
무상(無相) 무변제(無邊際)의 청정(淸淨)성품인
마하반야(摩訶般若)의 지혜(智慧)이네.

조견(照見)은,
법(法)의 실상(實相) 성품을 밝게 봄이네.

법(法)은,
유형무형(有形無形)의 일체존재(一切存在)이므로,
인식(認識)과 상념(想念)의 일체(一切)이니,

법(法)이라 함은,
작용의 성품을 지니고 있으므로, 법(法)이라
하네.

이는,
색수상행식(色受想行識), 오온(五蘊)의 세계로,
물질계(物質界)의 일체(一切)와
심식계(心識界)의 일체(一切)이네.

이 법(法)이, 오온(五蘊)이니,
눈으로, 귀로, 코로, 혀로, 몸으로 인식하는
물질계(物質界)의 일체(一切)와

생각하고, 분별(分別)하며, 사유(思惟)하는
심식계(心識界)의 일체(一切)이네.

법(法)이란,
인식(認識)과 분별(分別)의 일체(一切)를
법(法)이라고 함이니,

법(法)은,

곧, 인식(認識)의 일체(一切)이네.

인식(認識)의
일체(一切), 상(相)과 물(物)과 식(識)인,
그 무엇이든, 그 모습 실체(實體)가 없음이니,
곧, 오온개공(五蘊皆空)이라 함이네.

이(是), 일체(一切)의 그 모습이,
공성(空性)이 인연(因緣) 따라 흐르는,
인연찰나(因緣刹那)의 모습이네.

이(是), 일체(一切)가,
공성(空性)이 인연(因緣)의 시성(時性)을 따라
홀연히, 잠시 나타나도, 찰나(刹那)도 머묾 없고,
실체(實體) 없는 환(幻)의 모습이니,
그 성품의 실상(實相)이 없어
공(空)이라 하네.

이(是),
일체(一切)가,
실체(實體)가 없는 그 성품을 깨달아,

그 공성(空性)의 실체, 여실(如實)의 지혜에 듦이
조견(照見)이니,

조견(照見)은,
일체(一切)가, 실체(實體) 없는 성품,
그 공(空)한 실상(實相), 청정여실(淸淨如實)에
듦이네.

이(是)는,
관자재보살(觀自在菩薩)의
무변청정(無邊淸淨) 공(空)한 실상(實相)의 세계
반야지(般若智)이며,

마하반야(摩訶般若)에 의한,
조견오온개공(照見五蘊皆空)의 반야심(般若心)인
무상(無相) 청정지혜(淸淨智慧)의 세계이네.

이(是)는, 곧,
마하반야(摩訶般若)의 심청정(心淸淨)
궁극(窮極) 지혜(智慧)의 청정실상(淸淨實相)이니,
이는, 구경지(究竟智)의
바라밀다심(波羅蜜多心)으로

무상청정(無相淸淨) 오온개공지(五蘊皆空智)이네.

이(是)는, 곧,
오온개공(五蘊皆空)의 청정실상(淸淨實相)
본연심(本然心)인, 일체(一切) 불이성(不二性)으로,
궁극(窮極) 무상심(無相心)인
일체공(一切空), 청정반야지(淸淨般若智)이네.

도일체고액(度一切苦厄)

도일체고액(度一切苦厄)은,
일체(一切), 괴로움과 고통을 벗어남이네.

이는,
마하반야(摩訶般若)인
바라밀다심(波羅蜜多心)의 세계이네.

이(是),
오온(五蘊)이, 공(空)한 반야지(般若智)인,
무상(無相) 무변제(無邊際)
무한(無限) 무변제(無邊際)
실상(實相) 무변제(無邊際)의 성품은,

본연(本然), 청정(淸淨)성품의 지혜(智慧)로,
무상(無相) 궁극(窮極)의 무변지(無邊智)이니,

이는, 반야(般若)의 무변청정심(無邊淸淨心)이네.

이(是),
반야(般若)의 공심(空心)은
상(相)의 일체(一切) 미혹심(迷惑心)인,
무명(無明) 없는 바라밀다심(波羅蜜多心)이네.

이(是), 공심(空心)은,
본연(本然), 청정(淸淨) 실상(實相)의 성품으로
일체상(一切相)을 벗어난, 본연(本然)의 성품이니,
무한(無限) 무변제심(無邊際心)이네.

이(是),
지(智)가 곧, 무지(無智)이며,
이(是),
심(心)이 곧, 역무득심(亦無得心)이네.

이는,
상(相) 없어, 나 없는,
청정(淸淨) 본연(本然)의 성품으로,
청정실상(淸淨實相) 본연(本然)의 세계이며,
청정본연(淸淨本然)의 지혜(智慧)이네.

이(是), 성품은,
무지역무득지(無智亦無得智)인
무변제(無邊際)의 마하반야심(摩訶般若心)이며,
이무소득지(以無所得智)인
무변제(無邊際)의 바라밀다심(波羅蜜多心)이네.

이(是),
실상반야(實相般若) 무변제심(無邊際心)인,
마하반야(摩訶般若)
청정실상(淸淨實相)의 성품인
반야심(般若心)과 반야지(般若智)는,

청정본연(淸淨本然)의 실상(實相) 성품이라,
상(相) 없는
본연청정(本然淸淨) 성품인 마음이니,
도일체고액(度一切苦厄)이며,

이(是), 성품의 실상(實相),
본연(本然) 청정성품(淸淨性品)에는
색(色)의 일체(一切) 상(相)이 없어
도일체고액(度一切苦厄)이며,

이(是), 성품의 실상(實相),

본연(本然) 청정성품(淸淨性品)에는
생(生)의 일체(一切) 상(相)이 없어
도일체고액(度一切苦厄)이며,

이(是), 성품의 실상(實相),
본연(本然) 청정성품(淸淨性品)에는
멸(滅)의 일체(一切) 상(相)도 없어
도일체고액(度一切苦厄)이며,

이(是), 성품의 실상(實相),
본연(本然) 청정성품(淸淨性品)에는
오온(五蘊)의 일체(一切) 심(心)의 상(相)도 없어
도일체고액(度一切苦厄)이네.

이(是), 공(空)한 성품,
청정실상(淸淨實相)의 마음과 지혜(智慧)가
무상(無相), 무한(無限) 무변제심(無邊際心)이므로,
마하반야공심(摩訶般若空心)이며
마하반야공지(摩訶般若空智)이니
도일체고액(度一切苦厄)이네.

이(是), 무한궁극(無限窮極),

무상(無相), 무변제(無邊際)의 공심(空心)인
바라밀다심(波羅蜜多心)은,

청정공심(淸淨空心)이며,
심경심(心經心)인 반야공심(般若空心)으로,
청정지혜(淸淨智慧)의 오온개공심(五蘊皆空心)인
무고집멸도(無苦集滅道)의 실상(實相)이니,
도일체고액(度一切苦厄)이네.

사리자(舍利子)

사리자(舍利子)는,
청정해탈(淸淨解脫) 불지혜(佛智慧)의
본연(本然), 청정공성(淸淨空性)의 법(法)과
무상(無相) 무변제(無邊際)의 성품 도(道)를 따라,
무상보리(無上菩提)의 지혜(智慧)를 구(求)하는
구도자(求道者)이며,
무상해탈(無上解脫)을 향한 수행자(修行者)이네.

사리자(舍利子)는,
불지혜(佛智慧)에 의지해 수행하는
수행자(修行者)이니,

정견(正見)이 완연(完然)한
정도(正道)에 들어,
정지(正智)에 의지(依支)해

불지혜(佛智慧)의 원만대각(圓滿大覺)을
남김 없이 성취(成就)하리라.

색불이공(色不異空)
공불이색(空不異色)

색불이공(色不異空)은,
색(色)이, 공(空)과 다르지 않음이며,

공불이색(空不異色)은,
공(空)이, 색(色)과 다르지 않음이네.

색(色)이,
공(空)과 다르지 않음은,

색(色)이,
머묾 없는 공성(空性)의 인연(因緣)으로
나타난 모습이어도,
그 모습이 실체(實體)가 없는
무자성(無自性)의 환(幻)이기 때문이네.

공(空)이,
색(色)과 다르지 않음은,

공(空)이,
무자성(無自性)이며,
실체(實體)가 없는 청정성품임을 일컬음이네.

이(是)는,
공(空)한, 청정성품이 인연(因緣)을 따라,
머묾 없고 실체 없는 시각(視覺)의 환(幻)인
공상(空相)의 모습을 드러내니,

그,
모습의 환(幻)이
곧, 머묾 없어, 실체 없는 공(空)한 상(相)이므로
공(空)이, 색(色)과 다르지 않음이네.

색즉시공(色卽是空)
공즉시색(空卽是色)

색즉시공(色卽是空)은,
색(色)이 즉, 이 공(空)이며,

공즉시색(空卽是色)은,
공(空)이 즉, 이 색(色)이네.

색(色)이 즉, 이 공(空)임은,
색(色)과 공(空)이, 둘이 아니기 때문이네.

이는,
색(色)의 모습 성품이,
잠시도, 머묾 없는 흐름의 시성(時性)으로
그 실체가 없는, 무자성(無自性)의 성품이니,
이는, 곧, 공성(空性)의 환(幻)이므로

색(色)이 즉, 공(空)이라, 하네.

공(空)이 즉, 이 색(色)임은,
공(空)과 색(色)이, 둘이 아니기 때문이네.

이는,
공(空)은, 실체(實體)가 없음을 말함이니,
실체(實體)가 없는 공(空)한 성품이
인연(因緣)을 따라, 부사의 법성(法性)작용으로
시각(視覺)의 인연상(因緣相)인
환(幻)으로 드러나도,

그 모습이, 잠시도 머묾이 없어,
실체(實體)가 없는, 무자성(無自性)의 환(幻)이니,
그 성품, 공성(空性)이 즉, 색(色)이라, 하네.

이는,
공(空)과 색(色)이, 둘이 아닌,
불이(不二)의 법성(法性)인 무자성(無自性)이,
인연(因緣)을 따르는 공성(空性)의 조화(造化)로,
수연법성(隨緣法性)의 작용에 의한

청정공성(清淨空性)의 묘법(妙法)이니,
이는, 제법공상(諸法空相)이며, 무자성(無自性)인
환(幻)의 실상(實相)세계이네.

이(是), 성품,
무자성(無自性), 청정공성(清淨空性)은,
행심반야(行深般若)의 지혜(智慧)의 성품으로,
조견오온개공(照見五蘊皆空)인
청정지혜(清淨智慧)의 세계이므로,
이는, 제법(諸法)이 불생불멸(不生不滅)인
청정성품, 실상(實相)의 세계이네.

이(是), 성품,
무자성(無自性)인 청정공성(清淨空性)은,
불구부정(不垢不淨)이며, 부증불감(不增不減)인
제법공상(諸法空相)의 청정성품으로,
그 모습이, 실체(實體) 없어 무자성(無自性)이며,
청정공성(清淨空性)의 성품인, 환(幻)의 세계이네.

수상행식(受想行識)
역부여시(亦復如是)

수상행식(受想行識), 역부여시(亦復如是)는,
수상행식(受想行識) 또한, 역시, 이와 같음이네.

이는,
물질(物質)인,
색성향미촉법(色聲香味觸法), 색(色)의 성품이,
공(空)이듯,

심식(心識)의 작용인,
수상행식(受想行識)의 성품이 역시, 공(空)하여,
또한, 이와 같음이네.

수상행식(受想行識)은,
심식(心識)의 작용인, 제식(諸識)의 세계이네.

수(受)는,
색계(色界)인, 색성향미촉법(色聲香味觸法)을,
육근(六根)의 감각의식(感覺意識)으로
받아들이는, 감수(感受)의 작용이며,

상(想)은,
색성향미촉법(色聲香味觸法)을 인식(認識)한
의식(意識)의 상념(想念)이며,

행(行)은,
색성향미촉법(色聲香味觸法)을
인식(認識)한 모습인, 상(相)에 반응(反應)하여,
이를, 분별하여 작용하는,
자아의식(自我意識)의 일체행(一切行)이며,

식(識)은,
의식(意識)의 작용에 의한 일체(一切)의 앎과
그 작용의 세계이네.

역부여시(亦復如是)란,
앞에서, 색(色)이 공(空)함을 말한 바와 같이,
의식(意識)의 작용인, 수상행식(受想行識)이 또한,

그 역시, 실체(實體) 없는 무자성(無自性)인,
공(空)한 성품임을 일컬음이네.

이는,
수상행식(受想行識) 역시, 실체(實體)가 없어,
머묾 없는 공성(空性)의 환(幻)이니,

그 환(幻)의 실체(實體)가 공성(空性)이라,
생(生)도 없고, 멸(滅)도 없는,
공성(空性)의 모습인, 환(幻)임을 일컬음이네.

이는,
관자재(觀自在)의 반야지혜행(般若智慧行)인
행심반야바라밀다시(行深般若波羅密多時)에 의한
조견오온개공(照見五蘊皆空)의 지혜세계이네.

오온개공(五蘊皆空)은,
색성향미촉법(色聲香味觸法)인 색(色)의 일체와
수상행식(受想行識)인 심식(心識)의 일체가,
모두, 잠시도 머묾이 없어,
실체(實體)가 없는 공(空)한 성품으로,
이는,

마하반야(摩訶般若) 바라밀다심(波羅蜜多心)인
관자재(觀自在)의 반야지(般若智)에 의한
오온개공(五蘊皆空)의 성품세계이네.

사리자(舍利子)

사리자(舍利子)는,
반야지혜(般若智慧)의 행자(行者)이니,

이는,
시방삼세(十方三世) 보리살타(菩提薩埵)가,
반야바라밀다(般若波羅密多)에 의지해
오온개공(五蘊皆空)의 반야지혜(般若智慧)로
일체고해(一切苦海)를 벗어나
구경열반(究竟涅槃)에 든,
그 반야바라밀다행(般若波羅蜜多行)에 의지해,
오온개공(五蘊皆空)의 구경열반(究竟涅槃)을 향한
청정심행(淸淨心行)의 반야행자(般若行者)이며,

또한,
삼세제불(三世諸佛)이,
마하(摩訶) 반야바라밀다심(般若波羅密多心)으로

아뇩다라삼먁삼보리(阿耨多羅三邈三菩提)
무상각(無上覺)의 불(佛)을 성취한
그, 마하반야바라밀다심(摩訶般若波羅密多心)으로,
무변청정(無邊淸淨)
무상반야심행(無上般若心行)에 든
마하반야심행자(摩訶般若心行者)이네.

사리자(舍利子)는,
반야바라밀다(般若波羅密多)에 귀의(歸依)하여,

마하(摩訶),
반야바라밀다심(般若波羅密多心)으로,
일체고해(一切苦海)를 벗어나
구경열반대해(究竟涅槃大海)에 들며,

시방(十方),
삼세제불(三世諸佛)이 성취(成就)한,
불가사의, 무상각명보리(無上覺明菩提)인
무상바라밀다(無上波羅蜜多)의 대지혜(大智慧),
아뇩다라삼먁삼보리(阿耨多羅三邈三菩提)를
원만성취(圓滿成就)하여,

시방(十方),
삼세제불(三世諸佛)의 미래불(未來佛) 중(中),
존귀(尊貴)한,
무상지혜광명(無上智慧光明)의 일불(一佛)이 되어,
무명(無明)의 중생구제(衆生救濟)를 위해
화현(化現)하여,

역시,
삼세제불(三世諸佛)이 설(說)한,
이(是), 오온개공(五蘊皆空)인 실상(實相)의 성품,
제법공성(諸法空性)의 무상지혜(無相智慧)
마하반야바라밀다(摩訶般若波羅蜜多)의
청정지혜(淸淨智慧)를
또한,
설(說)하리라.

시제법공상(是諸法空相)

시제법공상(是諸法空相)은,
이 모든,
법(法)의 공(空)한 상(相)이네.

이(是),
모든 법(法)이란?

눈으로 보는 현상(現象)
귀로 듣는 소리
코로 냄새 맡는 향기(香氣)
혀로 인식(認識)하는 맛
몸으로 인식(認識)하는 감촉(感觸)
마음 작용의 일체(一切) 의식(意識)이네.

이(是),
일체(一切)가 곧, 모든 법(法)이네.

그러므로,

이(是), 법(法)이란,

물질세계와 마음작용 세계의 모든 것이니,

곧, 색수상행식(色受想行識)인 오온(五蘊)이네.

이(是),

공상(空相)의 공(空)이란?

그 모습이

실체(實體)가 없다는 뜻이네.

이는,

곧, 머묾이 없어, 실체(實體)가 없으며,

또한,

머물거나, 멈추어 있는,

유(有)의 상(相)이 아니라는 뜻이네.

머묾이 없어, 실체(實體)가 없으며,

또한, 머물거나, 멈추어 있는,

유(有)의 상(相)이 아니라는

이 뜻은,

일체(一切), 오온상(五蘊相)이,

머무름 없는 인연(因緣)을 따르는
실체(實體) 없는, 공성(空性)의 성품임으로,
잠시, 인연(因緣) 따라, 그 모습이 나타나도,
그 모습은, 잠시도 머무름 없는 찰나의 모습이니,
이는,
실체(實體) 없는 성품이, 인연 따라 흐르는
시(時)의 흐름이므로,
그 모습이 잠시, 인연 따라 찰나에 나타나도
그 실체(實體)는,
잠시도, 머묾 없는 흐름의 모습,
실체(實體) 없는, 공(空)한 모습이네.

그러나,
촉각(觸覺)과 인식(認識)에는,
그 모습이, 실체(實體)가 있는 것 같아도,
실제(實際), 그 상(相)이
머무름의 실체(實體)가 없음이네.

그러므로,
실체(實體)가 없으나,
촉각(觸覺)과 인식(認識)의 작용에는,
그 또한, 상(相)이 없지 않음이니,
촉각(觸覺)하며 인식(認識)하는 그것이

곧, 실체(實體) 없는 흐름의 성품인
머묾 없는 환(幻)의 모습이니,
모든 촉각(觸覺)과 인식(認識)의 실체(實體)가,
그 상(相)이 사실(事實)은, 실체(實體)가 없으니
이 상(相)을 일러, 공상(空相)이라고 하며,
실체(實體) 없는, 그 공상(空相)의 성품을 일러
공성(空性)이라, 하네.

그러므로,
일체상(一切相)은 실체(實體)가 없으며,
실체(實體) 없는 그 상(相)의 성품, 실제(實際)는
공성(空性)이네.

이는, 곧,
오온(五蘊), 일체(一切)의 모습,
그 실상(實相)이
실체(實體)가 없는 공성(空性)임을 뜻함이네.

이는,
모든 존재(存在)의 그 모습이,
맞닿는 상황의 인연(因緣)을 따라,
머무름 없는 공성(空性)이 흐르는

흐름의 인연(因緣)인 시(時)의 현상으로
잠시, 나타났어도, 그 실체가 잠시도 머묾 없어,
실체 없는 공성(空性)인, 환(幻)의 모습이네.

이(是),
환(幻)의 모습은,
공성(空性)이 인연을 따르는 흐름 속에
잠시 나타난, 머묾 없는 모습이니,
그 현상(現象), 또한,
자기(自己)의 모습인 실체(實體)가 없으니,
자기(自己)의 모습인 상(相)이 없음이네.

이것은,
모든 법(法)이, 잠시도 마무름 없이 흐르는
공성(空性)의 모습이며, 성질이네.

이는, 제법공성(諸法空性)으로,
모든 존재(存在)의 참모습인 실상(實相)이며,
모든 현상(現象)이 흐르는 참모습이네.

이는, 만법(萬法)이
제행무상(諸行無常)인, 실상(實相)의 진리이니,

이 실상(實相)의 진리(眞理) 속에
모든 존재(存在)의 생성(生成)의 비밀(秘密)과
불가사의한 존재(存在)의 섭리(攝理)와
우주(宇宙)의 만물(萬物)이 생성변화하며 흐르는,
공성(空性)의 흐름인, 참모습 원리(原理)가
있음이네.

이(是),
불가사의(不可思議),
이 섭리(攝理)의 세계, 원리(原理)와
이 실상(實相)의 세계, 진리(眞理)를 밝게 밝힘이
곧, 반야심경(般若心經)의 지혜(智慧)이네.

이(是),
실상(實相)의 진리(眞理)인
반야바라밀다(般若波羅蜜多)에 의(依)해,
일체고(一切苦)를 벗어나
완전한 깨달음,
실상지혜(實相智慧)의 완성에 이르는
불지혜(佛智慧)의 길이네.

이(是),

진리(眞理)를 밝힌 지혜(智慧)가,
곧, 모든 존재의 실상(實相)을 바르게 보는,
제법(諸法) 청정공성(淸淨空性)의 지혜(智慧)인
마하반야(摩訶般若)의 지혜(智慧)이네.

이(是), 실상(實相),
시방일체(十方一切) 청정무한실상(淸淨無限實相),
마하반야(摩訶般若) 무한무변제(無限無邊際)의
청정지혜(淸淨智慧)가,
곧, 모든 존재의 청정실상(淸淨實相)을 깨달은
실상지혜(實相智慧)인, 반야(般若)이네.

그러므로,
반야(般若)의 지혜(智慧)에 들면,
모든 존재(存在)의 실상(實相)을 깨닫고,
그 존재(存在)의 불가사의 진리의 성품에 들어,
우주(宇宙)의 실상(實相)과 하나인
완전한, 불이(不二)의 성품 세계,
불지혜(佛智慧)의 완성(完成)에 이르게 됨이네.

이(是),
우주(宇宙)의 성품, 실상(實相)과 하나인

청정지혜(淸淨智慧)의 성품이
곧, 아뇩다라삼먁삼보리(阿耨多羅三邈三菩提)이며,
곧, 불지혜(佛智慧)의 완성(完成)인
무상각(無上覺),
지혜광명(智慧光明)의 불(佛)이 되어,
존재 실상(實相)의 성품 청정지혜(淸淨智慧)로
모든 생명(生命)과 존재(存在)를 위해,

본연(本然) 청정성품으로,
생명 존재의 모두를 두루 수용하는
둘 없는, 무한무변제(無限無邊際)의 청정성품,
나 없는 무한 대자비심(大慈悲心)인,
청정불지혜(淸淨佛智慧)의
무상무변광명심(無相無邊光明心)으로,
지혜광명(智慧光明)의 일체 자비행(慈悲行)을
두루 행함이네.

이는,
우주본성일심(宇宙本性一心)이며
청정실상심(淸淨實相心)으로,
청정마하(淸淨摩訶) 무상반야심(無相般若心)인
무변청정지혜행(無邊淸淨智慧行)이네.

이 마하반야(摩訶般若)의
무변청정지혜(無邊淸淨智慧)는,
우주(宇宙), 모든 존재의 실상지혜(實相智慧)이니,
이 본연(本然)의 진리에 드는 가르침의 설(說)이
이(是), 반야심경(般若心經)이네.

이(是),
마하반야(摩訶般若)의 실상세계(實相世界)는,
식멸처(識滅處)의 구경열반(究竟涅槃)이 아닌,
청정본성(淸淨本性)이 공(空)한, 실상(實相)의
세계이네.

이는, 청정실상(淸淨實相),
무한(無限),
무변제(無邊際)의 바라밀다(波羅蜜多)
청정심(淸淨心)이,
곧, 무자성(無自性)인 제법공심(諸法空心)이며,
청정지혜(淸淨智慧)인 바라밀다(波羅蜜多)의,
본성각명심(本性覺明心)이네.

이(是),
모든 법(法),

모든 존재(存在)의 실상(實相)을 밝게 깨달아,
존재(存在)의 청정성품 실상(實相)에 들면,

지혜(智慧)의 각성광명(覺性光明)이
곧, 우주(宇宙), 모든 존재(存在)의 실상(實相)과
불이(不二)의 무상지혜(無上智慧)인
아뇩다라삼먁삼보리(阿耨多羅三邈三菩提)이네.

그러므로,
모든 존재(存在)와 둘이 아니므로,
아뇩다라삼먁삼보리(阿耨多羅三邈三菩提)를,
무상불이(無上不二)의 청정지혜(清淨智慧)라고
함이네.

이것이,
우주(宇宙)의 근본(根本) 성품,
모든 존재(存在)의 청정실상(清淨實相)에 든,
위 없는 깨달음 실상지혜(實相智慧)인
무상불(無上佛)의 지혜(智慧)이네.

시제법공상(是諸法空相)인
공상(空相)의 상(相)은?

눈으로 인식(認識)하는 현상(現象)
귀로 인식하는 소리
코에 인식하는 향기(香氣)
혀로 인식하는 맛
몸으로 인식(認識)하는 감촉(感觸)
마음작용의 일체(一切) 의식(意識)세계, 그것이,

머묾 없고,
실체(實體)가 없어도,

눈으로 인식하는 현상(現象)이 없지 않고
귀로 인식하는 소리가 없지 않고
코에 인식하는 향기(香氣)가 없지 않고
혀로 인식하는 맛이 없지 않고
몸으로 인식하는 감촉(感觸)이 없지 않고
마음으로 인식하는 법(法)이 없지 않음이니,

이(是), 일체(一切)가,
곧, 공성(空性)이 인연을 따르는
머묾 없고, 실체 없는 환(幻)의 모습이므로
공상(空相)이라 함이네.

이(是), 환(幻)의 모습이,
찰나에도 멈춤 없고, 머무름이 없어,
그 모습, 실체(實體) 없는 공상(空相)이므로,
그 모습, 무자성(無自性)의 환(幻)이라
실체(實體)가 없다, 함이네.

그 무엇,
어느 것도, 머묾의 실체(實體)가 없어,
텅 빈, 허공(虛空) 중(中)에,
잡을 수 없는 환(幻)인 아지랑이와 같아
허공(虛空) 중(中)의 꽃이며, 공화(空華)라 하여,
실체(實體)가 없는 공상(空相)인 그 모습을
환화(幻華)라고 함이네.

이는,
그 모습 눈으로, 귀로, 코로, 혀로, 몸으로,
또한, 마음으로 인식(認識)해도,
그 모습 자체(自體)가, 잠시도 머무름이 없어,
실체(實體)가 없는 공(空)한 모습이니
곧, 환(幻)의 꽃이네.

일체(一切),

모든 것이, 환(幻)임을 깨달으면,
그 모습이, 실체가 없는 공(空)한 환(幻)이며,
곧, 공상(空相)이니,

실체(實體) 없는, 환(幻)의
일체(一切) 것에 머묾이나, 집착이 끊어져,
곧, 심청정공심(心淸淨空心)이니
곧, 시제법공상심(是諸法空相心)이네.

이(是),
일체상(一切相),
청정(淸淨)성품 실상(實相)을 깨달은
무상청정(無相淸淨) 깨달음인
무변제(無邊際)의 마하심(摩訶心)이
곧, 상(相) 없는, 무한 무변제심(無邊際心)이며,
곧, 마하반야(摩訶般若) 바라밀다심(波羅蜜多心)
이네.

만약,
일체상(一切相), 그 모습 실상(實相)이,
찰나에도 머묾 없고, 실체(實體) 없는 성품인
공성(空性)의 환(幻)임을 깨닫지 못하면,

공성(空性)인,
환(幻)의 실상(實相)을 알지 못해,
반야(般若), 실상(實相)의 청정심(清淨心)인
마하반야바라밀다심(摩訶般若波羅蜜多心)을 몰라,
실체 없는 환화(幻華)인, 환(幻) 꽃을 좇는,
곧, 환인(幻人)의 모습과 삶이네.

이것이,
상(相)의 청정실상(清淨實相)을 몰라,
제법(諸法)의 오온(五蘊)에 머묾의 상심(相心)인
곧, 유상심(有相心)이네.

이(是),
환(幻)의 실상(實相)을 깨달으면,
일체상(一切相)이 실체 없는 환(幻)이니,
시제법공상(是諸法空相)의 청정(清淨)한 마음
오온개공심(五蘊皆空心)인, 깨달음의 마음이네.

이는, 곧,
상(相) 없는 청정지혜(清淨智慧)이며,
마하반야(摩訶般若)의 무상지혜심(無相智慧心)인
바라밀다청정심(般若波羅蜜多清淨心)이네.

이(是)는,
존재(存在)의 실상심(實相心)인
청정(清淨) 무변제심(無邊際心)이며,
청정실상(清淨實相) 무변제각명(無邊際覺明)이니,

이(是)는,
무변각명지혜(無邊覺明智慧)의 심광(心光)이
걸림 없이 두루 밝은
본연지혜광명(本然智慧光明)으로,
아뇩다라삼먁삼보리심(阿耨多羅三邈三菩提心)
이며,
불지혜(佛智慧)이네.

불생불멸(不生不滅)

불생불멸(不生不滅)은,
생(生)이 아니며, 멸(滅)도 아니네.

이는,
일체상(一切相)이 공(空)한 성품이므로
그 실체(實體)가 없어,

생(生)이, 생(生)이 아니며,
멸(滅)이, 멸(滅)이 아님이네.

이는,
그 모습, 인연으로 생(生)하여 나타나도,
공성(空性)이 인연(因緣)을 따르는
머무름 없는 시성(時性)인
실체(實體) 없는 공성(空性)의 모습이니,

그 모습, 잠시도 머묾의 자기 모습, 실체가 없어,
나타나도, 머묾 없고 실체 없는 환(幻)이므로,
홀연히 나타난 그 모습이 생(生)이 아니며,

또한,
홀연한, 그 모습이 멸(滅)하여도,
그 모습, 흐르는 시성(時性)을 따름이니,
잠시, 홀연 듯 나타난 그 모습,
잠시도 머무름인 자기의 실체, 모습이 없어,
그 모습, 실체 없는 공성(空性)의 환(幻)이므로,
그 모습, 홀연히 사라져도, 실체 없는 멸(滅)이니,
그 멸(滅)이, 멸(滅)이 아니네.

이(是), 불생불멸(不生不滅)은,
공성(空性)이 흐르는 시성(時性)으로,
실체(實體) 없는 모습인, 상(相)의 성품이니,
시제법공상(是諸法空相)의 실상지혜(實相智慧)가
오온개공(五蘊皆空)의 반야지(般若智)이네.

그러므로,
일체상(一切相)이 환(幻)이며,
일체상(一切相)의 생(生)과 멸(滅), 그 자체가,
공성(空性)이 흐르는

머묾 없는 인연(因緣)의 시성(時性)을 따름이니,
그 모습, 눈과 귀에 홀연히 나타나도,
잠시도 머묾 없고, 실체 없는 공성(空性)인
환(幻)의 꽃이네.

이(是),
시제법공상(是諸法空相)은,
그 모습, 머묾 없는 흐름의 공(空)한 상(相)이니,
머묾 없어 실체 없는 생(生)이, 생(生)이 아니며,
실체 없는 그 모습의 멸(滅)이, 멸(滅)이 아니네.

이(是), 법(法)의 세계는,
눈과 귀와 코와 혀와 몸과 생각으로 인식하여,
그 상(相)에 머무르고 집착하는
상(相)의 상념(想念)세계가 아니니,

이는,
눈과 귀와
코와 혀와 몸과 마음 존재(存在)의 실상(實相)인,
상(相) 없는, 공(空)한 지혜(智慧)의 반야(般若)로
일체 상(相)이 실체 없는 공성(空性)의 환(幻)인
시제법공상(是諸法空相)인, 실상을 여실히 보는

오온개공지(五蘊皆空智)이네.

홀연한, 생(生)이,
실체(實體)가 없는 환(幻) 꽃이라,
그 모습, 실체가 없는 공성(空性)의 환(幻)이니,
그 모습, 홀연히 나타남이, 생(生)이 아니며,

또한,
그 모습, 금세 사라져 흔적이 없어도,
본래(本來), 실체(實體) 없는
공성(空性)의 모습인 환(幻)이니,
그 모습, 홀연히 멸(滅)하여 사라져도
그 모습, 실체 없는 공성(空性)의 환(幻)이므로,
그 멸(滅)이, 멸(滅)이 아니네.

본래(本來),
나타난 생(生)의 그 모습, 실체(實體)가 없었거늘,
그 환(幻) 꽃이 멸(滅)하여 사라져도
실체(實體) 없는 멸(滅)이므로,
그 사라짐이 또한, 멸(滅)이 아니네.

그러므로, 일체상(一切相)이
실체(實體) 없는 환(幻)의 모습이니,
그 생(生)이, 생(生)이 아닌 불생(不生)이며,
그 멸(滅)이, 멸(滅)이 아닌 불멸(不滅)이네.

이(是),
일체상(一切相), 공성(空性)인 환(幻) 꽃이
시방(十方)에 가득해도,

그 실체(實體)가 없어,
생(生)이 없는, 불생(不生)의 생(生)이며,
멸(滅)이 없는, 불멸(不滅)의 멸(滅)이네.

이(是),
공성(空性)인 환(幻)의 모습,
일체가 실체 없는 무자성(無自性)의 환(幻)이니,
일체개공(一切皆空)이며
시제법공상(是諸法空相)이네.

이(是),
공성(空性)의 지혜(智慧),
실체(實體) 없는

무자성(無自性) 환(幻) 꽃의 세계는,
자아(自我) 상념(想念)
상견(相見) 식심(識心)인, 유무분별(有無分別)
일체유심(一切有心)의 분별심(分別心)으로는,
그 실상(實相)이 무자성(無自性)인
공성(空性)의 실체(實體)를, 알 수가 없네.

이는,
일체(一切)가 공(空)한
불생불멸지(不生不滅智)의 실상(實相)세계이니,

이(是),
일체(一切)가
마하반야(摩訶般若)의 실상지(實相智)이며,
바라밀다심(波羅蜜多心)의
반야(般若)의 세계이네.

이(是),
공성(空性)의 청정지혜심(淸淨智慧心)이
보리살타(菩提薩埵)의 도일체고(度一切苦)인
청정구경열반지(淸淨究竟涅槃智)이며,
청정구경열반심(淸淨究竟涅槃心)이네.

이(是),
공성(空性)의 청정지혜심(淸淨智慧心)으로
청정무상각(淸淨無上覺)인
완전한, 지혜(智慧)의 무상(無上)에 이르니,
곧, 삼세제불(三世諸佛)의 심광명(心光明)이며,
마하(摩訶), 무변지(無邊智)의 실상각(實相覺)인,
아뇩다라삼먁삼보리(阿耨多羅三邈三菩提)이네.

불구부정(不垢不淨)

불구부정(不垢不淨)은,
더러움도 아니며, 깨끗함도 아니네.

이(是),
불구부정(不垢不淨)은
시제법공상(是諸法空相)의 성품이니,

이(是), 공상(空相)의 성품은,
무엇에 물든, 더러움도 아니며,
무엇에 물듦이 없는, 깨끗함도 아니네.

실체(實體)가 없는
청정(淸淨)한 공(空)의 성품은,
상(相)이 없고, 실체(實體)가 없으니,
더러움에도 물들지 않으며

깨끗함에도 물들지 않음이네.

더러움에 물듦도
곧, 상(相)이니,
그 실체(實體)가 있음에 의함이며,

또한, 물듦 없는 깨끗함도
곧, 상(相)이니,
그 실체(實體)가 있음에 의함이네.

그 무엇이,
물듦이 있거나, 더러움이 있음도,
그것은, 공(空)한 성품이 아닌,
그 실체(實體)가 있는, 상(相)의 모습이며,

또한,
물듦이 없거나, 깨끗함이 있음도,
그것 또한, 공(空)한 성품이 아닌,
그 실체(實體)가 있는, 상(相)의 모습이네.

공(空)한 성품은,

그 실체(實體)가 없어, 상(相)이 없으므로,
그 어떤 무엇으로도, 분별(分別)할 것이 없고,

일체(一切),
무엇으로도, 분별(分別)하여 헤아릴 수가 없으니,
그 성품이, 무엇에도 물들거나
더러움이 있을 수가 없고,
또한, 물듦 없는 그 깨끗함도, 있을 수가 없네.

만약,
물들었거나, 더러움이 있거나,
또한, 물듦이 없거나, 깨끗함이어도,
그것은, 공(空)한 성품의 모습이 아닌,
모습이 있는 유(有)의 상(相)일 뿐,
일체상(一切相)이 시제법공상(是諸法空相)이며,
마하반야(摩訶般若)의 바라밀다심(波羅蜜多心)인
오온개공지(五蘊皆空智)가 아니네.

불구부정(不垢不淨)이란,
상(相) 없는 공성(空性)의 실상(實相) 성품이니,
물들 것도 없고, 깨끗할 것도 없는
공(空)한 청정(淸淨)성품이네.

이는,
상(相)이 없는 공(空)한 성품이므로,
대상(對相)을 분별(分別)하는
분별상(分別相)과 분별심(分別心)이 끊어진
공(空)한 성품인, 반야(般若) 지혜(智慧)의 성품과
청정(淸淨) 실상(實相)의 모습이네.

이는, 곧,
공(空)한 실상(實相)의 성품인
무상성(無相性)이며, 무변제(無邊際)의 성품으로
마하반야(摩訶般若)의 성품이며
바라밀다심(波羅蜜多心)으로,
제법공상(諸法空相)의 오온개공지(五蘊皆空智)인
구경열반(究竟涅槃) 청정지(淸淨智)의 성품이며,
아뇩다라삼먁삼보리(阿耨多羅三邈三菩提)의
불지혜(佛智慧), 청정각성(淸淨覺性)의 성품이네.

만약,
물듦이 있거나, 더러움이 있거나,
또한, 물듦이 없거나, 깨끗함이 있음은,
이 일체(一切)가 곧, 상(相)의 분별심(分別心)이니,
이는, 상(相)에 의지한 분별유심(分別有心)인

상념작용(想念作用)이네.

만약,
오온개공지(五蘊皆空智)에 들어
일체(一切)가, 시제법공상(是諸法空相)이면,
이 공(空)한 청정지혜(淸淨智慧)는
일체상(一切相)의 상념작용(想念作用)을 벗어난
무상청정(無相淸淨), 반야(般若)의 지혜(智慧)이며,
무상청정(無相淸淨), 무변제(無邊際)의 성품인
곧, 마하반야심(摩訶般若心)임을 깨닫게 됨이네.

이(是), 성품 청정지혜(淸淨智慧)와
이(是), 성품 청정(淸淨)한 그 마음이
곧, 물듦이 있는 더러움과
물듦이 없는 깨끗함도 벗어난
공(空)한 성품의 반야지혜(般若智慧)이네.

이(是), 성품의 마음이,
상(相) 없는 청정한 불구부정심(不垢不淨心)이며,
식멸심(識滅心)인 구경열반심(究竟涅槃心)이며,
일체 고(苦) 없는 바라밀다심(波羅蜜多心)이며,
그 마음과 지혜가 청정무상(淸淨無相)의 성품인

무변제(無邊際)의 마하반야심(摩訶般若心)이네.

이(是)는, 곧,
청정공성(淸淨空性)의 반야지혜(般若智慧)이며,
구경열반(究竟涅槃)의 성품이며,
아뇩다라삼먁삼보리(阿耨多羅三邈三菩提)인
불지혜(佛智慧)의 성품이네.

이(是)는,
시제법공상심(是諸法空相心)이니,
불생불멸심(不生不滅心)이며
불구부정심(不垢不淨心)이며
부증불감심(不增不減心)이네.

이것이,
오온개공지(五蘊皆空智)인
시제법공상지(是諸法空相智)이며,
일체개공(一切皆空)의 무변제심(無邊際心)이니,
곧, 마하반야심(摩訶般若心)의 도(道)이며
심경(心經)의 길이며
반야(般若)의 청정무상도(淸淨無相道)이네.

부증불감(不增不減)

부증불감(不增不減)은,
많아짐도 아니며, 줄어듦도 아니네.

이는,
시제법공상(是諸法空相)에는
일체상(一切相)이, 실체(實體) 없는 환(幻)이니,
생(生)도 없고, 멸(滅)도 없으므로,

그 무엇이든, 그 모습이,
잠시, 한순간
찰나에도 머묾이 없어, 실체 없는 환(幻)이니,
그 모습, 생(生)이 없어 불생(不生)이며,
그 실상(實相)의 성품, 실체(實體)의 모습에는
상(相)이 많아지거나, 늘어남도 없음이네.

또한,

이 일체(一切)가,

실체(實體)가 없는 공성(空性)의 환(幻)이니,

그 모습이 사라져도, 멸(滅)이 아니므로,

멸(滅)이 없는 그 성품은, 불멸(不滅)이니,

그것이, 무엇이든,

그 실상(實相)의 성품, 실체(實體)에는,

상(相)이 멸(滅)하여 줄어들거나

없어짐이 아니네.

이(是),

일체(一切) 법(法)이, 공(空)한,

공성(空性)의 성품 청정의 도리(道理)와 섭리에는

시제법공상(是諸法空相)의 모습이 실체 없는,

실상(實相)의 세계이네.

이는,

상(相)의 유심(有心)과 유상계(有相界)가 아닌,

반야(般若), 공성(空性)의 지혜세계이므로,

마하(摩訶), 청정무한(淸淨無限) 무변제(無邊際)인

바라밀다심(波羅蜜多心)의 실상(實相)세계이며,

아뇩다라삼먁삼보리(阿耨多羅三邈三菩提)인
불지혜(佛智慧)의 세계이네.

일체(一切),
모습이 실체(實體)가 없어, 공(空)하여,
공성(空性)의 환(幻)이 생(生)하여도
잠시, 나타난 찰나의 그 모습은
공(空)한 성품이 인연(因緣)을 따라 흐르는
머묾 없는 시성(時性)의 모습이어서,
그 모습, 실체(實體)가 없는 공성(空性)이니,
실체(實體) 없는 환(幻)의 그 생(生)이
생(生)이 아닌, 불생(不生)이며,

일체(一切),
그 모습, 실체(實體)가 없어 공(空)하여,
그 공성(空性)의 모습인 환(幻)이 멸(滅)하여도,
그 모습 자체(自體)가 공성(空性)이라
그 성품이 실체(實體)가 없으니
실체(實體) 없는 그 멸(滅)이, 멸(滅)이 아니며,
멸(滅) 없는 그 성품, 불멸(不滅)임을 깨달으면,

시제법공상(是諸法空相)의 실상(實相)인

불생불멸(不生不滅)의 성품과
불구부정(不垢不淨)의 성품과
부증불감(不增不減)의 성품 세계를, 깨달음이네.

이 성품을 깨달음으로,
공성(空性)이 인연을 따르는
머묾 없는 시성(時性)의 흐름 속에
홀연히 나타난 무자성(無自性)의 그 모습이
잠시도, 머묾이 없어 실체(實體) 없는
공화(空華)의 일체상(一切相)이니,

이(是),
청정공성(淸淨空性)의 마하반야심(摩訶般若心)인
무변무상심(無邊無相心)이,
공성(空性)의 환(幻) 꽃을 좇음이 없어,

그 마음,
불생불멸심(不生不滅心)이며
불구부정심(不垢不淨心)이며
부증불감심(不增不減心)이며
시제법공상심(是諸法空相心)이네.

이(是),
시제법공상(是諸法空相)의 청정지혜(淸淨智慧)인
오온개공심지(五蘊皆空心智)에 든
그 마음과 지혜(智慧)가,
마하반야심(摩訶般若心)이며
마하반야지(摩訶般若智)이며
무변제심(無邊際心)이며
무변제지(無邊際智)이니,

그 마음과 지혜(智慧)가
불생불멸심(不生不滅心)이며
불생불멸지(不生不滅智)이며,
구경열반심(究竟涅槃心)이며
구경열반지(究竟涅槃智)이며,
제법공상심(諸法空相心)이며
제법공상지(諸法空相智)이네.

이는,
제법청정심(諸法淸淨心)이며
제법청정지(諸法淸淨智)이네.

이는,
그 마음과 지혜(智慧)가

청정무변제심(淸淨無邊際心)이니,
곧, 바라밀다심(波羅蜜多心)이며,
아뇩다라삼먁삼보리(阿耨多羅三邈三菩提)이네.

이(是),
환(幻) 중(中),
환(幻)을 좇는 분별심(分別心),
환심(幻心)인, 전도(顚倒)의 일체 상(相)이 없어,
일체(一切)가 그대로 청정공(淸淨空)이어서,
무엇에도 물듦 없는 그 마음
그대로, 환(幻) 없는 실상심(實相心)이며,
마하반야(摩訶般若)의 무변제심(無邊際心)이네.

이것이,
일체상(一切相), 환(幻)을 초월(超越)한
무상(無相) 청정지혜(淸淨智慧)이며,
아뇩다라삼먁삼보리(阿耨多羅三邈三菩提)인
불지혜(佛智慧)이네.

이(是),
공(空)한 성품, 그 실상(實相) 실체(實體)가

불생불멸(不生不滅)이며
불구부정(不垢不淨)이며
부증불감(不增不減)이네.

불생불멸심(不生不滅心)이
마하반야(摩訶般若)의 공심(空心)이며,

불구부정심(不垢不淨心)이
마하반야(摩訶般若)의 공심(空心)이며,

부증불감심(不增不減心)이
마하반야(摩訶般若)의 공심(空心)이네.

이(是), 마음,
청정실상(淸淨實相)에 들어,
생멸(生滅)이 없어 불생불멸심(不生不滅心)이며,

무엇에도,
물듦도, 물듦 없는 깨끗함도 벗어나,
일체상(一切相)이 증감(增減) 없는

무한(無限),

무변제(無邊際)의 무변제심(無邊際心)이며,
무변제지(無邊際智)이니,

그 마음, 그 지혜(智慧)가,
마하반야심(摩訶般若心)이며,
생멸(生滅) 없는 구경열반(究竟涅槃)인
바라밀다심(波羅蜜多心)이네.

시고(是故)

시고(是故)는,
이런 까닭이네.

그 까닭,
그 연유(緣由)는,
일체상(一切相)이 실체(實體)가 없는
청정(淸淨)한 공성(空性)이니,

그 성품 그 모습이,
불생불멸(不生不滅)이며
불구부정(不垢不淨)이며
부증불감(不增不減)이네.

이(是),
일체상(一切相)이,

생멸(生滅)이 없어, 실체(實體)가 없으니,
더러움도 없고, 깨끗함도 없고,
생(生)하여 늘어나거나
멸(滅)하여 줄어듦이 없음은,
그 성품이 머묾 없고 실체(實體)가 없는
공(空)한 까닭이네.

이런 까닭에,
일체상(一切相), 환(幻)의 실상(實相),
공성(空性)을 깨달음으로
일체고해(一切苦海)를 벗어나고,
일체상(一切相)의 생멸심(生滅心)이 없는
구경열반(究竟涅槃)에 들며,
일체상(一切相), 초월(超越)한 불지혜(佛智慧),
아뇩다라삼먁삼보리심(阿耨多羅三邈三菩提心)을
성취하네.

이런 까닭에,
일체상(一切相)이 공(空)임을 깨달은,
실상(實相), 지혜심(智慧心)의 반야(般若)에 의해,
그 마음과 그 지혜(智慧)가
무상(無相), 무한(無限) 무변제(無邊際)의 성품인,

마하반야(摩訶般若)의 바라밀다심(波羅蜜多心)에
이르게 되네.

이것이,
반야심경(般若心經)의 지혜(智慧),
마하반야심(摩訶般若心)에 이르는 길이며,
불지혜(佛智慧)의 도(道)이네.

이(是), 마음,
이(是), 청정지혜(淸淨智慧)로,
보리살타(菩提薩埵)가 구경열반(究竟涅槃)에 들고,

이(是),
무상청정심(無上淸淨心)으로,
삼세제불(三世諸佛)의 무상보리심(無上菩提心)인,
무상청정불지혜(無上淸淨佛智慧)
아뇩다라삼먁삼보리(阿耨多羅三邈三菩提)를
성취함이네.

이(是),
모든 성취(成就)에는,
일체(一切)가

그 실상(實相)이 공(空)한 까닭이네.

이(是),
공(空)한 실상(實相)에 들면,
그것이, 마하반야(摩訶般若)의 불지혜(佛智慧)인,
무변청정(無邊淸淨) 실상계(實相界)이네.

이(是),
청정(淸淨) 실상계(實相界)에 들면,
일체(一切)가 불생불멸(不生不滅)이며,
불구부정(不垢不淨)이며, 부증불감(不增不減)이네.

공성(空性), 무상(無相) 청정성(淸淨性)이,
심무변무한(心無邊無限)인
공성(空性), 무변제(無邊際)의 성품에 이르니,
이 무변제(無邊際)가 곧, 마하반야(摩訶般若)이며,
바라밀다심(波羅蜜多心)이네.

이것이,
일체고해(一切苦海)를 벗어난
바라밀다(波羅蜜多)인 구경열반(究竟涅槃)이며,

제불지혜(諸佛智慧)의 제불지혜심(諸佛智慧心)인
아뇩다라삼먁삼보리(阿耨多羅三邈三菩提)이네.

이것이,
마하반야(摩訶般若)이며
바라밀다심(波羅蜜多心)이네.

공중무색(空中無色)

공중무색(空中無色)은,
공(空)한 성품 중에는, 색(色)의 모습인
색성향미촉(色聲香味觸)의 법(法)이 없음이네.

이(是),
색성향미촉(色聲香味觸)의
색(色)의 상(相)이 없음은,
색(色)의 성품, 그 실상(實相)을 보는
마하반야(摩訶般若)의 실상지(實相智)이네.

그러나,
눈으로 보는 현상(現象)
귀로 듣는 소리
코로 냄새 맡는 향기(香氣)
혀로 인식(認識)하는 맛

몸으로 인식(認識)하는 감촉(感觸)이 없지 않음은,

그것은,
머무름 없는 공성(空性)의 흐름인
시성(時性) 속에 나타난, 공성(空性)의 환(幻)이니,

이는, 곧,
머묾 없는 무자성(無自性)의 환영(幻影)이므로,
상(相)의 실체(實體)가 없는 모습이네.

이(是),
모든 현상(現象)은,
공성(空性)이 인연(因緣)을 따르는
머묾 없는 시(時)의 흐름 속에 인식(認識)하는
머묾 없는 찰나(刹那)의 모습이니,

상(相)의 모습, 인식(認識)해도
머무름 없는 시성(時性)의 모습이므로
그 모습,
잠시, 찰나에도 머무름이 없어
실체(實體) 없는, 환(幻)의 모습이네.

이(是),
잠시 나타난 찰나의 그 모습,
시(時)의 흐름 따라 나타난 흐름의 모습이므로,

어쩜,
그 모습 생(生)인듯 하나, 머묾이 없어,
뿌리 없고, 실체(實體)가 없는 흐름의 모습이어서,
그 모습이 실체(實體)가 없는 환(幻)이네.

이(是),
일체(一切) 상(相)이,
머묾 없이 흐르는 시성(時性)을 따라
홀연히 나타난 실체(實體) 없는 모습이니,
잠시, 그 모습 인식(認識)해도,
실체 없는 공성(空性)이 인연(因緣)을 따름이라,
인식(認識)한 그 모습이 실체(實體)가 없네.

일체상(一切相)이 환(幻)이라,
공성(空性)이 흐르는
머묾 없는 흐름의 시성(時性)을 따라
뿌리 없고, 실체(實體) 없는 흐름의 환(幻)이니,

곧, 있는 듯, 마음이 인식(認識)해도,
그 잠시 모습이,
실체 없는 무자성(無自性) 흐름의 환(幻)이므로,
잠시도 머묾 없는 환(幻)일 뿐,
그 모습, 실체 없는 공상(空相)이네.

모든, 상(相)이,
인연의 흐름인 시성(時性)을 따라 나타나도
실체(實體)도, 뿌리도 없는 공상(空相)이니,
홀연한 생(生)이, 생(生)이 아니며,

그 모습, 생(生)이 아닌
실체(實體) 없는, 공(空)한 환영(幻影)이니,
홀연히 나타난, 그 모습이 실체 없는 환(幻)인
공상(空相)이네.

일체상(一切相)이,
머무름 없는 인연 흐름의 시성(時性)을 따라
잠시 나타난, 공성(空性)이라,
홀연히 그 모습 사라져 흔적이 없어도,
본래(本來) 그 모습, 실체(實體) 없는 흐름의
환(幻)이니,

그 모습,
금세 사라져 흔적이 없어도,
본래, 실체 없는 공상(空相)의 환(幻)이므로,
멸(滅)하거나, 사라짐의 실체(實體)가 본래 없어,
머묾 없는 그 모습, 홀연히 사라져도
그 멸(滅)이, 멸(滅)이 아니네.

이(是),
일체상(一切相)은,
공성(空性)이 인연(因緣)을 따라 흐르는
머묾 없는 수연(隨緣)의 인연상(因緣相)이니,
홀연히 나타난, 실체(實體) 없는 환(幻)이므로,
그 모습 나타나도
머무름 없는 흐름의 모습이니,

그 환(幻)의 모습이,
공성(空性)의 흐름 따라 잠시 나타나도,
나타난 그 모습이, 생(生)이 아니며,

머묾 없는 흐름의
시성(時性) 속에 나타난 흐름의 모습이라,
그 모습, 흐름 따라 홀연히 사라져 흔적 없어도,

본래(本來), 머묾 없는 공성(空性)의 흐름이니
그 멸(滅)이, 멸(滅)이 아니네.

그러므로,
공(空)한 성품 중(中)에는,
일체상(一切相), 색성향미촉법(色聲香味觸法)의
그 모습이, 실체(實體) 없는 무자성(無自性)이며,
무아(無我)의 공상(空相)이라
그 모습이 환(幻)이네.

색성향미촉법(色聲香味觸法)의 상(相)이
그 실체(實體)가 없고,
그 성품이 무자성(無自性)이므로,
색성향미촉법(色聲香味觸法)의 색(色)의 성품이
모두, 이러함으로, 이를 일러,
공중무색(空中無色)이라 함이네.

이는,
오온개공(五蘊皆空)의 실상(實相)이며,
시제법공상(是諸法空相)인 마하반야(摩訶般若)의
실상(實相), 청정지(淸淨智)의 성품이며,
실상(實相), 청정심(淸淨心)의 성품이네.

무수상행식(無受想行識)

무수상행식(無受想行識)은,
수상행식(受想行識)이 없음이네.

이는,
공(空)한 성품, 실상(實相) 중(中)에는,
심식(心識)의 작용인
수상행식(受想行識)도, 실체(實體)가 없음이네.

심식(心識)인
수상행식(受想行識)은,

수(受)는,
심식(心識)이 육근(六根)을 통해,
색성향미촉법(色聲香味觸法)의 감각(感覺)을
받아들임이며,

상(想)은,
심식(心識)이 육근(六根)을 통해,
색성향미촉법(色聲香味觸法)을 인식(認識)한
상(相)이며,

행(行)은,
심식(心識)이 육근(六根)을 통해,
색성향미촉법(色聲香味觸法)을 인식(認識)한
심식(心識)의 작용이며,

식(識)은,
색성향미촉법(色聲香味觸法)의 색계(色界)와
수상행식(受想行識), 심식(心識)의 작용에 의한
일체(一切) 앎과 의식(意識)의 세계이네.

공(空)한 성품,
실상(實相)인, 공성(空性) 중(中)에는
수상행식(受想行識)도, 실체(實體)가 없음이네.

이(是),
수상행식(受想行識)이 공(空)한 상(相)임은,
머묾 없는 인식(認識)의 모습, 그 자체(自體)가,

머묾 없는 인연(因緣)의 흐름을 따라 이루어지는
공성(空性)의 인연작용(因緣作用)인
심식(心識)의 흐름이기 때문이다.

이는,
머묾 없는 인연(因緣) 흐름의 모습인
시성(時性)을 따라 인식(認識)하는,
색성향미촉법(色聲香味觸法)의 환(幻)을 좇아,
머묾 없고, 실체 없는, 공성(空性)의 인연상이라,
심식(心識)의 인연작용이 일어나도,
그 또한, 성품이 잠시도 머묾이 없어,
그 실체(實體)가 없는 무자성(無自性)인
공(空)한 성품, 인연(因緣)의 환식(幻識)이네.

그러므로,
머무름 없어, 실체(實體) 없는,
색성향미촉법(色聲香味觸法)의 상(相)을 인연하여
수상행식(受想行識)의 심식(心識)작용이 있어도,
그 성품, 또한 머묾 없는 공성(空性)의
환식(幻識)이니,
그 모습, 머무름 없어 실체(實體)가 없는
공성(空性)의 환(幻)이네.

이(是),
심식(心識)의 작용인 수상행식(受想行識)은,
머묾 없고 실체 없는 색(色)의 성품인,
색성향미촉법(色聲香味觸法)을 따라 일어나
상(相)의 환(幻)을 좇는, 환심(幻心)의 작용이네.

이(是), 일체(一切)는,
상(相)에 머무른 미혹(迷惑)의 분별심(分別心)인,
실체(實體) 없는 공(空)한 상(相)을 좇는
무명(無明)의 환식(幻識)이네.

이(是), 수상행식(受想行識),
분별심(分別心)의 일체상(一切相)은,
공성(空性)이 인연을 따라 흐르는 시성(時性)인
머무름 없는 흐름의 인연상(因緣相)이니,
그 실체(實體)가 없는 공(空)한 상(相)이네.

이(是), 수상행식(受想行識)은,
머무름이 없는 색(色)이 공(空)한 성품,
색성향미촉법(色聲香味觸法)의 환(幻)을 좇아
분별하여 좇는 환식(幻識)이니,
이 수상행식(受想行識)의 분별심(分別心)이 또한,

그 모습 실체가 없고 뿌리가 없는
환(幻)이네.

그러므로, 수상행식(受想行識)이 또한,
실체가 없는 무자성(無自性)인 공성(空性)이니,
그 성품이 실체가 없어 생멸(生滅)이 없는,
불생불멸(不生不滅)의 환(幻)이네.

이(是), 불생불멸(不生不滅)은,
관자재(觀自在)에 든
마하반야(摩訶般若)의 지혜자(智慧者)가
수상행식(受想行識)이 상(相)의 실체가 없어,
그 실상(實相)을 일러
무수상행식(無受想行識)이라 함이네.

이(是)는,
공(空)한 색(色)의 환(幻)을 좇아
이와 저를 밝게 분별하는 분별심(分別心)인
수상행식(受想行識)이어도,

이(是), 또한, 역시,

그 실체(實體)가 없어,
색(色)의 환(幻)과 다를 바가 없으니,
머묾 없어, 실체 없는 공성(空性)의 모습이라
그 실체(實體)가 없는 공성(空性)의 환(幻)이네.

색성향미촉법(色聲香味觸法)의 색(色)도
환(幻)이며,
수상행식(受想行識)의 식심(識心)도 환(幻)이니,
이는, 실체 없는 공성(空性)의 환영(幻影)을 좇는
실체 없는 환심(幻心)의 세계이네.

이(是),
실상(實相)을 밝게 아는 청정지혜(淸淨智慧)가
곧, 일체상(一切相)이 상(相)이 아닌,
실상(實相)을 깨달은 반야(般若)의 지혜이며,

이(是), 실상반야(實相般若)의 지혜(智慧)는
일체상(一切相)이 공(空)한
오온개공지(五蘊皆空智)이며,
마하반야(摩訶般若)의 실상지(實相智)이네.

무안이비설신의
(無眼耳鼻舌身意)

무안이비설신의(無眼耳鼻舌身意)는,
안이비설신의(眼耳鼻舌身意)가 없음이네.

안이비설신(眼耳鼻舌身)은
몸의 감각기관이며,

의(意)는,
마음의 작용인 심식(心識)이네.

그러므로,
무안이비설신의(無眼耳鼻舌身意)는,
몸의 감각기관인 일체(一切)와
마음작용인 심식(心識)의 일체(一切)가
그 성품이 실체(實體)가 없는 공성(空性)이네.

안이비설신의(眼耳鼻舌身意)가 없음은,
마하반야(摩訶般若)의 실상(實相)세계이니,

이(是)는,
시제법공상(是諸法空相)으로
불생불멸(不生不滅)의 성품 세계이며,
오온개공(五蘊皆空)의 성품 세계로,
실상지혜(實相智慧)의 세계이네.

이는,
색불이공(色不異空) 공불이색(空不異色),
색즉시공(色卽是空) 공즉시색(色卽是空)이며,
수상행식(受想行識) 역부여시(亦復如是)인
시제법공상계(是諸法空相界)이네.

이(是),
물질작용의 일체상(一切相)과
마음작용의 일체상(一切相)이
머묾 없는 인연의 흐름, 시(時)를 따라 나타나는
실체(實體) 없는 성품, 공성(空性)이니,

물질상(物質相)이든,

심식상(心識相)이든, 그 일체상(一切相)이,
머묾 없는 시(時)의 공성(空性)을 따라 나타나
잠시도 머무름 없는 흐름의 모습이네.

색상(色相)이든,
식상(識相)이든, 찰나에도 멈춤 없는 그 모습이
곧, 환(幻)이니,

그 모습,
머무름 없는 인연의 시성(時性)을 따라
잠시 나타나도,
그 또한, 머묾 없어 실체 없는
인연 흐름의 모습인, 공성(空性)의 환(幻)이니,
그 실상(實相)이 상(相)이 아닌, 공성(空性)이네.

이(是),
실체(實體) 없는 그 모습,
환(幻)의 실상(實相)을 알고자 하면,
오온(五蘊)의 실체(實體)가 공(空)한, 그 성품의
실상(實相)을 깨달아야 하네.

그 실상(實相)을 깨닫는 것이,

오온(五蘊)이 공(空)한 성품을 조견(照見)하는
반야(般若)의 공성지혜(空性智慧)이네.

반야(般若)의 지혜는,
일체상(一切相)의 성품, 그 실상(實相)을 깨닫는,
일체상(一切相)의 실상지혜(實相智慧)이네.

이(是), 반야(般若)의 지혜세계는,
일체상(一切相), 그 실상(實相)의 모습은,
생(生)의 모습이 생(生)이 아니며,
멸(滅)의 모습이 멸(滅)이 아닌, 그 성품이
실체(實體)가 없어, 생(生)도 없고, 멸(滅)도 없는,
불생불멸(不生不滅)의 공(空)한 실상(實相)을
밝게 깨달음이, 반야(般若)의 지혜세계이네.

이(是),
일체상(一切相)이 실체(實體) 없는 환(幻)인
그 실상(實相)을 밝게 깨달으면,
오온(五蘊)이 다, 실체 없는 무자성(無自性)인
공성(空性)이네.

이(是), 일체(一切),

실상(實相)의 그 모습이, 실체(實體)가 없어,

생(生)이, 생(生)이 아니며,

멸(滅)이, 멸(滅)이 아닌 성품,

불생불멸(不生不滅)의 실상(實相)을 밝게 깨달아,

마하반야(摩訶般若)의 대공성지(大空性智)에 든

불생불멸(不生不滅)의 성품이

곧, 무한(無限), 무변제심(無邊際心)이네.

이(是), 반야(般若)의 성품이,

생멸(生滅) 없는 불생불멸심(不生不滅心)이며,

이 성품 마음이 구경열반(究竟涅槃)이네.

이(是), 반야(般若)의 성품이,

불생불멸(不生不滅)인

마하반야(摩訶般若)의 실상지(實相智)이며,

이(是) 마음, 이(是) 지혜(智慧)가,

아뇩다라삼먁삼보리(阿耨多羅三邈三菩提)이네.

이(是), 마음 성품이,

무상무변제심(無相無邊際心)이며,

이 성품이, 생멸(不滅)이 없어,

이 성품 마음이 구경열반(究竟涅槃)이네.

이 마음, 이 지혜(智慧)가,
무상(無相), 무한(無限) 무변제심(無邊際心)이니,
곧, 바라밀다(波羅蜜多)인
마하반야심(摩訶般若心)이며,
위 없는 이 마음, 이 지혜(智慧)가,
아뇩다라삼먁삼보리(阿耨多羅三邈三菩提)이네.

만약, 오온(五蘊)의
일체상(一切相)이 생멸(生滅)이 있어,
불생불멸(不生不滅)의 공성(空性)이 아니면,

일체상(一切相)을 인식(認識)함이
상견상심(相見相心)인 유위상견(有爲相見)이니,
이는,
오온개공(五蘊皆空)의 실상지혜(實相智慧)인
제법공상(諸法空相)의 지혜가 아니므로,
일체상(一切相)의 실상(實相)을 보는
반야공성(般若空性)의 지혜(智慧)가 아니네.

오온(五蘊)이 공(空)한

관자재(觀自在)의 보살지(菩薩智)에 들어,
일체상(一切相)이 공(空)한
불생불멸(不生不滅)의 실상(實相)을 깨달으면,

그 마음,
그 지혜(智慧)가, 생멸(生滅)이 없고, 파괴 없는,
불생불멸심(不生不滅心)이며
불구부정심(不垢不淨心)이며
부증불감심(不增不減心)이네.

이는,
마하반야(摩訶般若)의 성품이니,
생멸(生滅) 없는 무변제심(無邊際心)이며,
바라밀다심(波羅蜜多心)이네.

이(是)는, 곧,
구경열반심(究竟涅槃心)이며,
아뇩다라삼먁삼보리심(阿耨多羅三邈三菩提心)인
불지혜(佛智慧)의 광명심(光明心)이네.

이(是),

구경(究竟)이라 함에는,
보리살타(菩提薩埵)의 구경열반(究竟涅槃)인
식멸처(識滅處)의 구경(究竟)도 있으며,

삼세제불(三世諸佛)의 불지혜(佛智慧)인,
보리살타(菩提薩埵)의 식멸처(識滅處)도 초월한
아뇩다라삼먁삼보리(阿耨多羅三邈三菩提)인
본성지(本性智)의 구경(究竟)도 있네.

이(是),
식멸처(識滅處)의 구경(究竟)은,
식멸(識滅)을 인(因)으로 한,
식멸과(識滅果)의 구경(究竟)이므로,
이는, 보리살타(菩提薩埵)의 식멸처(識滅處)이니,
이는, 식멸심(識滅心)의 과(果)의 성취(成就)인
구경열반(究竟涅槃)이네.

본성지(本性智)의 구경(究竟)은,
삼세제불(三世諸佛)의 구경(究竟)이니,
이는, 근본(根本) 본성(本性)이 바로, 인(因)이며,
본래(本來) 본성(本性)이 과구족(果具足)이므로,
이는, 인(因)도, 과(果)도, 성취(成就)도 없는

본래(本來)가, 그대로 구경(究竟)이네.

이는,
본래(本來)의 본성(本性)이,
불가사의 원만구족(圓滿具足)이며, 성취(成就)인,
본래(本來) 구족(具足)한 인(因)이며
본래(本來) 구족(具足)한 과(果)이며
본래(本來) 구족(具足)한 완연(完然)한 성취이네.

이 성품은,
일체상(一切相), 초월(超越) 본성(本性)이니,
본래(本來) 본성(本性)을 깨닫지 못해도
본래(本來) 본성(本性)이 없는 것이 아니며,
또한, 상심(相心)의 미혹(迷惑)이어도
본래(本來) 본성(本性)을 벗어나 있지 않음으로,
단지,
일체(一切) 상심(相心)인, 미망(迷妄)이 끊어지면,
미망(迷妄) 없는 본연청정(本然淸淨) 그 성품이
곧, 본래(本來) 본성(本性)임을 깨닫게 됨이네.

이(是),
미망(迷妄)을 제거하여 깨달은,
그 깨달음도 곧, 본성(本性)의 지혜(智慧)이니,

이는, 그 깨달음이,

곧, 본래(本來) 본성(本性)의 성품에 듦으로

깨닫게 됨이네.

그러나,

본래(本來) 본성(本性)을 깨닫지 못하면

그 어떤 지혜이든, 본성(本性)의 지혜가 아니니,

스스로, 지혜(智慧)로 생각해도,

그 지혜(智慧)는, 아(我)를 벗어나지 못한

심(心)과 견(見)에 의존(依存)한 것이니,

그 지혜는, 상(相)인, 아(我)와 견(見)이 있는

심(心)에 의존한, 상(相) 분별지혜(分別智慧)이네.

그러나,

본래(本來) 과구족(果具足)인 본성(本性)은,

불가사의(不可思議) 불지혜(佛智慧)의 성품으로,

일체(一切) 상심(相心)과

일체(一切) 지혜상견(智慧相見)도 없는,

시대신주(是大神呪)이며

시대명주(是大明呪)이며

시무상주(是無上呪)이며

시무등등주(是無等等呪)인, 불지혜(佛智慧),

불가사의(不可思議) 성품이네.

이(是),
삼세제불(三世諸佛)의 구경열반(究竟涅槃)은,
본래(本來) 본성(本性)이
과구족(果具足)인 인(因)으로, 과(果)로,
성취(成就)로 한, 한 성품이니,

이는,
시(始)와 종(終)이 맞물리고,
시(始)와 종(終)이 끊어진 성품,
불지혜(佛智慧), 불가사의(不可思議) 세계이네.

삼세제불(三世諸佛)의 구경열반(究竟涅槃)은,
식(識)을, 인(因)으로 한
식멸과(識滅果)의 구경열반(究竟涅槃)이 아닌,

본래(本來) 본성(本性)이,
인(因)으로, 과(果)로, 성취(成就)로 한,
본래본성(本來本性)이 그대로 과구족(果具足)인
불가사의(不可思議) 본성열반(本性涅槃)이네.

이(是),
불지혜(佛智慧)가
곧,
아뇩다라삼먁삼보리(阿耨多羅三邈三菩提)이네.

이(是)는,
불가사의(不可思議) 불지혜(佛智慧)의 성품이
본래(本來) 구족(具足)한, 본연(本然)의 성품으로,
곧, 대신주(大神呪)이며
곧, 대명주(大明呪)이며
곧, 무상주(無上呪)이며
곧, 무등등주(無等等呪)인
불가사의(不可思議), 불지혜(佛智慧)의 세계이네.

무색성향미촉법
(無色聲香味觸法)

무색성향미촉법(無色聲香味觸法)은,
색계(色界)의 물질(物質)인
색성향미촉법(色聲香味觸法)이 없음이네.

색(色)은, 눈으로 인식하는 현상(現象)이며
성(聲)은, 귀로 인식하는 소리이며
향(香)은, 코로 인식하는 냄새이며
미(味)는, 혀로 인식하는 맛이며
촉(觸)은, 몸으로 인식하는 감각(感覺)이며
법(法)은, 마음으로 인식(認識)하는, 모두이네.

물질(物質)의 일체상(一切相)인
색성향미촉법(色聲香味觸法)이 없음은,
그 상(相)이, 상(相)이 아님을 일컬음이네.

상(相)이, 상(相)이 아님은,
그 상(相)이, 머무름 없는 환(幻)의 모습이니
그 성품이 실체(實體)가 없어,
생멸(生滅) 없는 공성(空性)의 성품이기
때문이네.

이(是),
실체(實體)가 없는 공성(空性)의 성품
색성향미촉법(色聲香味觸法)의 일체상(一切相)이,
잠시, 찰나에도 머무름 없는 공성(空性)이니
그 상(相)이, 실체(實體)가 없는 환(幻)이네.

환(幻)이라 함은,
그 모습이 실체(實體)가 없음을 일컬음이네.

이는,
공성(空性)이 인연(因緣)을 따라
머무름 없이 흐르는 무자성(無自性)의 모습으로,
시(時)의 흐름 속에
잠시, 환(幻)처럼 나타나도
그 환(幻)이, 머무름 없는 공성(空性)의 흐름이니,
그 실체(實體)가 없네.

또한,

머무름 없는 공성(空性)의 흐름, 환(幻)의 모습이

잠시도 머묾 없어 흔적 없이 사라져도,

본래(本來) 머무름 없는 흐름의 모습이니,

홀연히, 잠시 나타난 그 모습이

그 실체가 없으므로

그 모습이 사라져도 멸(滅)이 아니네.

그러므로,

실체(實體) 없는 그 모습 홀연히 나타나도

실체(實體) 없는 환(幻)이니, 생(生)이 아니며,

실체(實體) 없는 그 모습 멸(滅)하여도

그 모습, 본래 실체가 없어, 멸(滅)이 아니네.

이(是),

머묾 없는 시(時)는,

공성(空性)이 인연(因緣)을 따르는

수연상(隨緣相)의 흐름이니,

머무름 없는 흐름의 인연상(因緣相)이 나타나도

잠시도 머묾 없는 시(時)의 모습이므로,

홀연히 나타난 모습이어도 그 실체(實體)가 없어

머묾 없는 흐름의 모습이니 생(生)이 아니며,

또한,
머묾 없는 그 모습이, 시(時)의 흐름 따라
홀연히 사라져 멸(滅)하여도,
그 모습, 본래 머묾의 실체(實體)가 없었으니
그 모습 사라져도 멸(滅)이 아니네.

그러므로,
일체상이, 공성(空性)의 흐름 따라 나타나도
그 모습 머무름이 없어, 실체 없는 환(幻)이며,
그 모습 홀연히 사라져, 흔적이 없어도,
본래(本來) 자기 모습 없는 흐름의 멸(滅)이네.

이(是),
일체상(一切相), 그 모습 성품이
실체(實體) 없는 공(空)한 성품이라
실체(實體) 없는 환(幻)이니, 생멸(生滅)이 없고,
실체(實體) 없는 공(空)한 모습이라
실체(實體) 없는 환(幻)의 생멸(生滅)이네.

이(是),
일체상(一切相),
색성향미촉법(色聲香味觸法)이 환(幻)이니,

실체 없는 환(幻)의 모습 머묾이 없어,
실체 없는 공(空)한 그 환(幻)의 성품을 일러
무색성향미촉법(無色聲香味觸法)이라 함이네.

이(是), 색성향미촉법(色聲香味觸法)은
그 성품, 그 모습이 공성(空性)이며,
그 모습, 그 실상(實相)이 공성(空性)이며,
나타난 상(相)이 공성(空性)이라
실체(實體) 없는 무자성(無自性)의 상(相)이므로,
환(幻)임을, 일컬음이네.

이(是), 성품,
흐름이 잠시도 머묾이 없고,
머묾 없는 이 흐름은
공성(空性)이 인연을 따르는 시성(時性)이네.

이(是), 시(時)는,
공성(空性)이 인연(因緣)을 따라
머무름 없이 흐르는 공성(空性)의 작용이니,
이(是), 머묾 없는 흐름의 작용이
곧, 무자성(無自性)인 청정공성(淸淨空性)이,
머무름 없는 수연상(隨緣相)을 따르는

공성(空性)의 흐름이네.

이(是),
머무름 없는 수연(隨緣)의 흐름 현상,
시(時)의 흐름 따라
잠시,
일체상(一切相), 그 환(幻)이 홀연히 나타나도,
공성(空性)이 흐르는 인연(因緣)의 모습이어서
그 모습, 머무름 없고, 실체가 없는 흐름인
공(空)한 상(相)이네.

이(是),
일체상(一切相)이
공성(空性)이 인연(因緣)을 따라
머묾 없는 흐름의 시(時)의 모습이니,

흐르는 시(時)의 인연 따라
홀연히 잠시, 그 모습 생(生)이어도,
그 모습, 머묾 없는 흐름의 시상(時相)이라,
그 실체(實體)가 공성(空性)이며
무자성(無自性)의 환(幻)이네.

또한, 그 모습이
머묾 없는 공성(空性)의 흐름 따라
홀연히 멸(滅)하여도,
본래(本來) 공(空)한 성품이 인연의 흐름을
따름이어서,
실체(實體) 없는 무자성(無自性)의 환(幻)이니,
실체(實體) 없는 멸(滅)이므로
그 모습 사라져도, 멸(滅)이 아니네.

본래(本來),
머묾의 상(相)이 없고, 실체 없는 흐름이라
홀연히 나타난 무자성(無自性)의 모습이니,
그 모습 본래, 실체 없는 모습이네.

이(是), 일체상(一切相)이,
공(空)한 성품이 인연(因緣)을 따라
잠시,
홀연히 나타나고, 홀연히 사라져, 흔적이 없어도
그 모습 본래(本來), 머묾 없는 성품이니
머묾 없는 인연(因緣) 따라 그 모습 사라져도,
그 멸(滅)이, 멸(滅)이 아니네.

이(是),
일체상(一切相)
색성향미촉법(色聲香味觸法)이
본래(本來) 머묾 없는 흐름의 성품이니,
곧, 공성(空性)의 환(幻)이며,
실체(實體) 없는 모습이므로,
무색성향미촉법(無色聲香味觸法)이라 하네.

이(是)는,
머무름 없는 흐름의 성품이며, 모습이어서,
본래(本來) 모습 없는 공(空)한 성품이니,
공성(空性)이 흐르는 공(空)한 상(相)이므로
홀연히 그 모습, 잠시 나타나도,
그 모습 나타남이 실체가 없어, 생(生)이 아니며,

실체(實體) 없는 그 모습
잠시,
홀연히 나타나도 생(生)이 아니므로,
그 모습, 홀연히 사라져도 멸(滅)이 아님이니,
그 모습, 그 성품, 실상(實相)을 일컬으니
무색성향미촉법(無色聲香味觸法)이라 하네.

이는,

일체상(一切相)의 실상(實相)으로,
색성향미촉법(色聲香味觸法)의 실체(實體)가
무자성(無自性)인, 공성(空性)의 성품을
일컬음이네.

무안계(無眼界) 내지(乃至) 무의식계(無意識界)

무안계(無眼界) 내지(乃至), 무의식계(無意識界)는,

안식계(眼識界)

이식계(耳識界)

비식계(鼻識界)

설식계(舌識界)

신식계(身識界)

의식계(意識界)가 없음이네.

안식(眼識)은,

눈에 의한 분별(分別)의 인식(認識)이니,

안식계(眼識界)는, 눈에 의한 인식(認識)의

일체식계(一切識界)이네.

이식(耳識)은,

귀에 의한 분별(分別)의 인식(認識)이니,

이식계(耳識界)는, 귀에 의한 인식(認識)의
일체식계(一切識界)이네.

비식(鼻識)은,
코에 의한 분별(分別)의 인식(認識)이니,
비식계(鼻識界)는, 코에 의한 인식(認識)의
일체식계(一切識界)이네.

설식(舌識)은,
혀에 의한 분별(分別)의 인식(認識)이니,
설식계(舌識界)는, 혀에 의한 인식(認識)의
일체식계(一切識界)이네.

신식(身識)은,
몸에 의한 분별(分別)의 인식(認識)이니,
신식계(身識界)는, 몸에 의한 인식(認識)의
일체식계(一切識界)이네.

의식(意識)은,
심식(心識)에 의한 분별(分別)의 인식(認識)이니,
의식계(意識界)는, 자아심식(自我心識)의 작용인
일체식계(一切識界)이네.

안식계(眼識界), 이식계(耳識界), 비식계(鼻識界),
설식계(舌識界), 신식계(身識界), 의식계(意識界),
일체(一切)가 없음은,

이, 일체(一切)가,
머묾 없는 공성(空性)의 인연을 좇아 일어나
찰나에도 멈춤 없고, 머무름 없는,
실체(實體) 없는 환(幻)의 성품임을 일컬음이네.

이는,
공성(空性)이 인연(因緣)을 따라
홀연히 나타난 그 모습이
잠시도 머무름이 없어 실체(實體)가 없고,
그 모습이, 찰나의 흐름인 공성(空性)이니,
그 상(相)의 참모습 실체(實體)인 실상(實相)을
일컬으니,
상(相)이 없다고 함이네.

그러나,
눈으로 보는 현상(現象)이 없지 않고
귀로 듣는 소리가 없지 않고
코로 맡는 냄새가 없지 않고

혀로 인식하는 맛이 없지 않고
몸으로 인식하는 감촉(感觸)이 없지 않고
의식(意識)의 분별(分別)과 작용의 대상(對相)이
없지 않음이니,

이(是), 일체(一切),
안식(眼識), 이식(耳識), 비식(鼻識), 설식(舌識),
신식(身識), 의식(意識)의 상(相)에 의지해
모든 삶이 이루어지고 있어도,

이(是), 일체(一切)가,
공성(空性)이 흐르는 인연(因緣)의 현상이니,
만상(萬相)이 인연(因緣)의 흐름 속에 나타나도
그 모습이 실체(實體)가 없는 무자성(無自性)인
공성(空性)의 환(幻)이네.

이(是), 만상(萬相)이 홀연히 나타나도
실체(實體)가 없는 공성(空性)의 환(幻)이므로
그 모습 상(相)이, 생(生)이 아니며,

그 모습 상(相)이, 홀연히 멸(滅)하여도,
그 멸(滅)이, 실체(實體)가 없는 멸(滅)이므로,
그 멸(滅)이, 멸(滅)이 아니네.

만상(萬相)이,

공성(空性)의 흐름 속에 그 모습이 나타나도,

머묾 없는 공성(空性)의 흐름 속에

잠시, 홀연한 인연(因緣)의 모습이니

그 모습 또한, 자기(自己)의 실체(實體)가 없어,

무자성(無自性)인 공성(空性)의 환(幻)이므로,

환(幻)이 나타나도, 실체가 없어 생(生)이 아니며,

환(幻)이 사라져도, 실체가 없어 멸(滅)이 아니니,

그 모습 본래(本來), 공성(空性)인

무자성(無自性)이므로,

그 모습 생(生)과 멸(滅)이 본래(本來) 없어,

본래(本來) 불생불멸(不生不滅)의 성품이니,

홀연한 그 모습, 본래(本來) 공(空)한 상(相)이며,

실체(實體) 없는 환(幻)이네.

그 모습,

본래(本來) 실체(實體)가 없고, 상(相)이 없어,

그 성품, 본래(本來) 불생(不生)이며,

그 성품, 본래(本來) 불멸(不滅)의 성품이니,

잠시, 찰나에도 멈춤 없고, 머무름이 없어,

실체(實體) 없는 그 모습, 홀연히 잠시, 나타나도,

그 모습이 본래(本來) 실체 없어 생(生)이 없고,

본래, 멸(滅)도 없는 공성(空性)의 환(幻)이므로,
무자성(無自性)의 환(幻)이네.

이(是),
보고, 듣는,
일체상(一切相)의 실체(實體)가 있는 것 같아도
일체(一切)가, 찰나에도 머묾 없는 성품이니,
그 실체(實體)가 없어 공(空)하여
일체상(一切相)이 환(幻)이네.

이(是), 일체상(一切相),
보고, 듣는,
색(色)의 성품도, 실체(實體) 없는 환(幻)이며,

실체(實體) 없는
그 환(幻)을 좇아 일어나는,

보고, 듣는, 그 마음도,
실체(實體) 없고,
머묾 없이 흐르는 환심(幻心)의 마음이니,

이(是), 마음도,

실체 없는 공성(空性)의 환(幻)을 좇아 일어난
실체 없는 환심(幻心)이네.

일체상(一切相)을 인연(因緣)하여 일어난
오온심(五蘊心)의 그 마음도,
잠시, 찰나에도 머묾 없는, 실체 없는 식(識)이니,
곧, 공성(空性)의 환(幻)을 좇는, 환식(幻識)이며,
환영(幻影)이네.

머묾 없는 상(相)을 인연하여 일어난
머묾 없는 오온심(五蘊心), 그 마음도,
머묾 없는 상(相)을 인연(因緣)하여 흐르는
머묾 없는 분별심(分別心)인 환식(幻識)이니,
잠시도 머묾이 없어, 실체 없는 환(幻)이므로,
머묾 없는 그 모습, 잡을 수도 없고,
이것이라 이름할, 그 모습의 실체(實體)가 없네.

일체상(一切相), 일체심(一切心),
이 일체(一切)가, 실체(實體)가 없는
공성(空性)의 흐름으로, 머무름 없이 흐르는
실체(實體) 없는 환(幻)이네.

일체상(一切相),
실체 없는 환(幻)의 그 모습이, 홀연히 나타나도,
공성(空性)이 흐르는 찰나(刹那)의 모습이니,
머묾 없고, 실체가 없는 환(幻)이므로,
그 성품이 공성(空性)이라 무자성(無自性)이니,
그 모습이 실체(實體) 없는 환(幻)이네.

색성향미촉법(色聲香味觸法)의 일체상(一切相),
실체(實體) 없는 환(幻)의 모습이
눈에도 나타나고
귀에도 나타나고
코에도 나타나고
혀에도 나타나고
몸에도 나타나고
의식(意識)에도 나타나니,

이(是), 공성(空性)의 환(幻)이,
육근(六根) 경계에 두루 시방(十方)에 가득해도,
이 일체(一切)가 머묾 없는
공성(空性)의 모습이어서,
그 성품이, 실체(實體) 없는 공(空)한 모습이며,
환(幻)이네.

이(是),

실체(實體) 없는 일체상(一切相),

공성(空性)의 환(幻)을 좇아 일어난

홀연한, 환(幻)의 일체(一切) 분별심(分別心)인

오온심(五蘊心)이 일어나도,

이 또한, 잠시도 머묾 없는 모습이어서,

그 성품이 공성(空性)이며, 무자성(無自性)이니,

실체(實體) 없는 환(幻)의 심상(心相)이네.

환(幻)을 좇는,

오온심(五蘊心)의 환심(幻心)이 일어나도,

그 모습 머묾의 실체(實體)가 없어,

성품이 공(空)한, 환(幻)의 공성(空性)이니,

한순간 인연(因緣) 따라

기쁨 가득, 행복(幸福)이 충만(充滿)이어도,

그 자체가 머묾 없이 흐르는 공(空)한 성품,

실체 없는 공성(空性)의 환심(幻心)이라

공성(空性)의 환(幻)이며,

또한,

한순간 인연(因緣)을 따라

아픔 가득, 괴로움의 고통(苦痛)이어도,

그 자체가 머묾 없이 흐르는 공(空)한 성품,
실체 없는 흐름의 환심(幻心)이라
공성(空性)의 환(幻)이네.

눈에 보이는 일체상(一切相),
색(色)의 현상(現象)이어도, 그것이,
머묾 없는 공성(空性)의 환(幻)이며,

귀에 들리는, 일체상(一切相),
소리의 현상(現象)이어도, 그것이,
머묾 없는 공성(空性)의 환(幻)이며,

코로 인식(認識)하는,
아름다운 향기(香氣)이어도, 그것이,
머묾 없는 공성(空性)의 환(幻)이며,

혀로 인식(認識)하는,
마음 끌림의 맛이어도, 그것이,
머묾 없는 공성(空性)의 환(幻)이며,

몸으로 인식(認識)하는,
평안의 끌림, 촉각(觸覺)이어도, 그것이,

머묾 없는 공성(空性)의 환(幻)이며,

의식(意識) 속에,
자아(自我)의 끌림과 평온이어도, 그것이,
머묾 없는 공성(空性)의 환(幻)이네.

그러므로,
이(是), 취사(取捨)의
색(色)의 일체(一切)를 인식해도, 그것이,
머묾 없는 공성(空性)의 환(幻)이며,

이(是), 취사(取捨)의
심(心)의 일체(一切)를 인식해도, 그것이,
머묾 없는 공성(空性)의 환(幻)이네.

이(是),
머묾 없고, 실체(實體) 없는,
공성(空性)의 환(幻)을 좇는 환심(幻心)이어도,
그 또한. 실상(實相)이
머묾 없는 공성(空性)의 환(幻)이니,

이(是), 성품을 깊이 깨달아,

무상(無相)인, 공성(空性)의 청정지혜가 열리면,

눈에 의한 일체(一切) 안식계(眼識界)와

귀에 의한 일체(一切) 이식계(耳識界)와

코에 의한 일체(一切) 비식계(鼻識界)와

혀에 의한 일체(一切) 설식계(舌識界)와

몸에 의한 일체(一切) 신식계(身識界)와

심식(心識)에 의한 일체(一切) 의식계(意識界)인,

그 모습,

일체색(一切色)과 일체심식(一切心識)이,

머묾 없고, 실체(實體) 없는

공성(空性)의 환(幻)임을 깨달아,

마하반야(摩訶般若) 청정지혜(清淨智慧)의 세계인

무상(無相), 무한(無限) 무변제(無邊際)에 이르니,

이것이,

마하반야(摩訶般若)의

구경열반심(究竟涅槃心)이며,

바라밀다(波羅蜜多)의

청정지혜심(清淨智慧心)이니,

즉(卽),

이(是), 성품,

이(是), 지혜(智慧)가,

아뇩다라삼먁삼보리(阿搙多羅三邈三菩提)이네.

무무명(無無明)

무무명(無無明)은,
십이인연(十二因緣)의 무명(無明)이 없음이네.

십이인연(十二因緣)은,
무명(無明)이, 인(因)이 되어 생성(生成)되는,
생사(生死)의 흐름인 삶의 모습
십이인연법(十二因緣法)이네.

십이인연법(十二因緣法)은,
무명(無明), 행(行), 식(識), 명색(名色),
육입(六入), 촉(觸), 수(受), 애(愛), 취(取), 유(有),
생(生), 노사(老死)이네.

무명(無明)은,
본성(本性)을 모르는, 근본 미혹심(迷惑心)으로,

이는,

중생(衆生)의 근본(根本) 무명식(無明識)이며,

생사(生死)와 윤회심(輪廻心)을 벗어나지 못한

근본(根本) 중생식(衆生識)이니,

이는, 곧, 자아(自我) 심식(心識)의 뿌리로,

본성(本性)에 미혹한, 일체(一切) 혹견(惑見)인,

중생(衆生)의 근본(根本) 업식(業識)이네.

행(行)은,

근본(根本) 무명식(無明識)의 작용으로,

다생(多生)의 습기(習氣)에 의한

무의식적(無意識的) 미혹행(迷惑行)이니,

이는,

무명(無明)의 습기(習氣)에 젖은

무의식적(無意識的) 업식반응(業識反應)에 의한,

미혹심(迷惑心)의 작용이네.

이는, 곧, 자아(自我) 심식(心識)의 뿌리인,

근본 무명(無明)의 중생심(衆生心)에 이끌린

무의식적(無意識的) 습기반응(習氣反應)으로,

상(相)에 이끌린, 무명심(無明心)의 작용이네.

식(識)은,

무명(無明), 심식(心識)의 작용에 의한
자아업식(自我業識)이네.

명색(名色)은,
명(名)은, 자아업식(自我業識)이며,
색(色)은, 몸을 이루는 물질(物質)이니,
이는,
무명심(無明心)인 자아업식(自我業識)이,
부모(父母)에게 받은, 몸을 이루는 물질(物質)과
하나가 됨이네.

육입(六入)은,
자아업식(自我業識)이, 물질인 몸과 하나가 되어,
자아업식(自我業識)과 몸이
하나의 감각기관(感覺器官)인,
눈, 귀, 코, 혀, 몸, 의식(意識)의 육근(六根)을
두루 갖춘, 감각기관(感覺器官)을 이룸이네.

촉(觸)은,
업식(業識)의 몸이, 육근(六根)의 대상(對相)인
색성향미촉법(色聲香味觸法)에 닿음이네.

수(受)는,

색성향미촉법(色聲香味觸法)인 대상(對相)을,
촉각(觸覺)과 감각(感覺)으로 받아들임이네.

애(愛)는,
육근(六根)의 촉각(觸覺)과 감각(感覺)에 의해,
색성향미촉법(色聲香味觸法)을 좋아함이네.

취(取)는,
좋아하는 색성향미촉법(色聲香味觸法)을,
취(取)함이네.

유(有)는,
취(取)에 의한, 업(業)의 생성(生成)으로,
인과(因果)와 생사(生死)와 윤회(輪廻)의 업(業)이
있음이네.

생(生)은,
지은 업(業)이 원인(原因)이 되어,
인과(因果)와 생사(生死)와 윤회(輪廻)의
업(業)을 따라, 삶이네.

노사(老死)는,
인과(因果)와 생사(生死)와 윤회(輪廻)의

업(業)을 따라 삶으로, 늙음과 죽음이 있음이네.

무무명(無無明)은,
무명(無明)이 없음이니,

이는, 곧,
무명(無明)으로 비롯한
십이인연법(十二因緣法)의 일체(一切)가 없음이네.

십이인연법(十二因緣法)의 일체(一切)가
곧, 오온(五蘊)이네.

무무명(無無明)인,
무명(無明)이 없음은,
십이인연법(十二因緣法)의 일체(一切)가 없음이네.

이는,
십이인연법(十二因緣法)의 성품
일체(一切)가, 실체(實體)가 없는 공성(空性)의
환(幻)이기 때문이네.

십이인연(十二因緣)의 일체(一切)가
공성(空性)인, 색성향미촉법(色聲香味觸法)의
환(幻)을 좇아 일어나는
무명(無明), 환심(幻心)의 세계이네.

공성(空性)인,
색성향미촉법(色聲香味觸法)이,
머묾 없는, 인연(因緣) 흐름의 시성(時性)을 따라,
실체(實體) 없고, 생멸(生滅) 없는 현상(現象)인
그 환(幻)의 모습을,

눈으로 인식(認識)하고
귀로 인식(認識)하고
코로 인식(認識)하고
혀로 인식(認識)하고
몸으로 인식(認識)하고
의식(意識)으로 인식(認識)하니,

환(幻)의 상(相)을 좇는 훈습(薰習)에 젖어서,
본래(本來)의 성품, 청정심(淸淨心)이 가리어져,
환(幻)의 실체를 모르는 무명업심(無明業心)인
무명심(無明心)이 동(動)하여,

그 실체(實體) 없는, 공성(空性)의 환(幻)을 좇는
환심(幻心)이 일어나니,

환(幻)을 좇는, 무명심(無明心)의 작용인
십이인연(十二因緣) 무명업식(無明業識)이 벌어져,
환(幻)에 얽매인 환인(幻人)이 되어,
십이인연(十二因緣)에 얽매이어, 이끌린 삶인
환(幻)의 삶을 삶이네.

십이인연법(十二因緣法)은,
무명업심(無明業心)인, 환심(幻心)의 자아(自我)가
실체(實體) 없는 상(相)의 환(幻)을 좇는
무명심(無明心)에 의한, 미혹(迷惑)의 삶이네.

이(是),
환(幻)을 좇는,
무명업심(無明業心)인, 환심(幻心)의 무명(無明)이,
실체(實體)가 없는 성품이니,
그 자체(自體)가 본래(本來) 실체(實體)가 없어,
무자성(無自性)이며, 공(空)한 성품이니,
그 실체(實體)가 없어
무무명(無無明)이라 하네.

역무무명진(亦無無明盡)

역무무명진(亦無無明盡)은,
또한, 무명(無明)이 다함도, 없음이네.

이 뜻은,
시제법공상(是諸法空相)인
실상(實相)에는,
무명(無明)도 없고, 무명(無明)이 다함도 없는
무무명(無無明), 역무무명진(亦無無明盡)이니,

이는,
모든 법(法)의 공(空)한 모습에는,
무명(無明)의 성품이 실체(實體)가 없고,
또한, 지혜(智慧)로 무명(無明)이 다하였어도,
무명(無明)의 성품이 본래(本來) 공(空)하여
무명(無明)의 실체가 본래(本來) 없으니,
무명(無明)이 다하였다 하여도,

그 다한 상(相)이 없으므로
그 다함도 없다는, 뜻이네.

이(是)는,
십이인연상(十二因緣相)의 실체(實體)인,
공(空)의 성품, 청정실상(淸淨實相)을 드러내며,
또, 그 지혜(智慧)의 성품 세계도,
지혜상(智慧相)이 없는 무상무변제(無相無邊際)인
본연청정(本然淸淨)의 성품,
마하반야(摩訶般若)의 지혜(智慧)의 성품을
드러냄이네.

공(空)한,
실상(實相)의 성품 중(中)에는
무명(無明)도 없고,

또한, 공(空)한 지혜(智慧)의 밝음으로
업식(業識)인, 무명(無明)이 다하였어도,
무명(無明)이 다한, 그 자체(自體)가 없음이네.

이는,

무명(無明), 그 자체가,
본래(本來), 공(空)한 성품이기 때문이니,
공(空)한 성품은, 상(相)이 없어,
생(生)과 멸(滅)이 없기 때문이네.

이는,
공(空)한, 청정실상(淸淨實相)의 경계(境界)이니,
무명(無明)이 있음도, 환(幻)이며,

또한, 공성(空性)을 깨달아,
깨달음의 지혜(智慧)로
환(幻)을 좇는 환심(幻心)인, 무명(無明)이 다하여
무명(無明)이 없어도,
무명(無明)이 다한, 그 실체(實體)가 없네.

이는,
무명(無明), 그 자체(自體)의 성품이
본래(本來), 실체(實體) 없는, 공(空)한 성품이니,

지혜(智慧)로,
환(幻)을 좇는 환심(幻心)인
무명(無明)이 다하여도,

무명(無明)이 다한, 그 모습과
무명(無明)이 다한, 그 성품과
무명(無明)이 다한, 그 지혜상(智慧相)도 없어,
무명(無明)이 다하였어도,
무명(無明)을 다한, 그것이 없다, 함이네.

왜냐면,
본래(本來), 무명(無明)이 실체(實體)가 없고,
또한, 무명(無明)을 다 하였어도,
무명(無明)을 다한, 그 실체(實體)가 없기
때문이네.

이는,
본래(本來), 실체(實體) 없는, 공(空)한 성품
청정실상(淸淨實相)인
무명(無明)의 실체(實體), 실상(實相)을 드러내며,
또한, 지혜(智慧)로, 무명(無明)을 다하였어도
무명(無明)이 다한, 그 성품과
무명(無明)을 다한, 지혜상(智慧相)이 없는
청정(淸淨) 실상(實相)을 드러냄이네.

이는,

환(幻)을 좇는 환심(幻心)인 무명(無明)이,
본래(本來), 실체(實體)가 없는 공성(空性)이니,
환(幻)을 좇는 무명(無明)이 다하였어도
무명(無明)이 다한, 그 실체(實體)가 없으며,

또한,
본래(本來), 상(相)이 없는, 청정지혜(淸淨智慧)
마하반야(摩訶般若)의 무상지혜(無相智慧)로
무명(無明)을 멸(滅)하였어도
무명(無明)을 멸(滅)한, 그 실체(實體)와
무명(無明)을 멸(滅)한 청정지혜(淸淨智慧)까지도
또한, 없음이네.

이는,
색성향미촉법(色聲香味觸法)이
본래(本來) 공(空)하여, 그 실체(實體)가 없어,
눈으로, 귀로, 코로, 혀로, 몸으로,
또한, 의식(意識)으로 인식(認識)하는 그 모습이,
곧, 실체(實體) 없는, 공성(空性)의 환(幻)이기
때문이며,

이(是),

색성향미촉법(色聲香味觸法)의 환(幻)을 좇는,
무명(無明) 환심(幻心)인, 수상행식(受想行識)이
또한, 실체(實體) 없는 공(空)한 성품이기
때문이며,

또한, 지혜(智慧)로,
환심(幻心)을 일으키는, 무명(無明)을
멸(滅)하였어도,
무명(無明)을 멸(滅)한, 그 지혜(智慧)도 없음은,
반야(般若)는, 상(相) 없는 청정실상(淸淨實相)의
무상지혜(無相智慧)이니,
반야(般若)의 일체행(一切行)에는,
그 지혜(智慧)의 상(相)이, 없기 때문이네.

본래(本來),
일체 상(相)이, 그 실체(實體)가 공성(空性)이라
그 모습이, 실체(實體)가 없는
무자성(無自性)인 공성(空性)의 환(幻)이며,

이(是),
일체상(一切相)의 환(幻)이 사라져,
환(幻)을 좇는 환심(幻心)인, 무명(無明)이 다하여

무명(無明)이 사라졌어도,

사라진, 그 무명(無明), 또한,
본래(本來), 실체(實體)가 없는 공성(空性)이니,
무명(無明)이 다하여, 사라졌어도,
무명(無明)이 다하여, 멸(滅)한,
그 멸상(滅相)이 없음이네.

이(是), 일체상(一切相),
색성향미촉법(色聲香味觸法)의 환(幻)을 좇음도
무명(無明)의 환심(幻心)이지만,

지혜(智慧)로,
무명(無明)이 다하여 사라졌어도,
무명(無明)을 다하였다는, 그 분별심(分別心),
그 또한, 완전한 지혜(智慧)의 청정성품인
마하반야(摩訶般若)의 지혜(智慧)가 아님이니,
이, 또한,
미혹(迷惑)의 분별심(分別心) 속에
지혜상견(智慧相見)으로, 상(相)의 환(幻)을 좇는
무명심(無明心)에 의한, 환심(幻心)이네.

이(是),
일체(一切)가,
본래(本來), 실체(實體)가 없는, 공성(空性)이니,
공성(空性)인, 환(幻)의 상(相)을 좇는 것도
환심(幻心)이며,

환(幻)을 좇는 환심(幻心)인,
무명(無明)을 다한, 그 지혜(智慧)도, 또한,
환(幻)이니,

무명(無明)을
다한, 지혜상(智慧相), 그 자체(自體)도, 또한,
환(幻)을 좇는 환심(幻心)이네.

본래(本來),
공(空)한 실체 없는, 무자성(無自性)의 환(幻)인
색성향미촉법(色聲香味觸法)을 좇음도
환(幻)을 좇는 환심(幻心)이며,

일체(一切)가,
실체(實體) 없는 환(幻)임을 깨달아,

환(幻)을 좇는,
업식(業識)에 이끌린 환심(幻心)인,
무명(無明)을 제거하고자
공성(空性)의 청정지혜(淸淨智慧)의 반야(般若)로,

실체(實體) 없는, 색성향미촉법(色聲香味觸法)의
환(幻)을 좇는, 무명(無明)이 다하였어도,
무명(無明) 그 자체(自體)가
본래(本來), 실체(實體) 없는 공성(空性)이므로,

이(是), 또한,
공성(空性)의 실상(實相)인, 환(幻)의 지혜로,
실체(實體) 없는, 미혹(迷惑)의 환(幻)을
제거(除去)함이네.

이는, 공성(空性)의 상(相)을 좇는
실체(實體) 없는, 무명(無明)의 미혹심(迷惑心)을,
공(空)한 실상(實相)의 성품
환(幻)의 청정지혜(淸淨智慧)로,
무명(無明)의 일체(一切)를 소멸(消滅)함이네.

본래(本來),

일체(一切)가, 실체(實體)가 없는 공성(空性)이니,

상(相)도, 환(幻)이며,
환(幻)의 상(相)을 좇는 심(心)도, 환(幻)이며,

본래(本來),
실체(實體) 없는, 환(幻)의 무명(無明)을,
공성(空性)의 지혜 반야(般若)로 멸(滅)하는
그 실상(實相)의 지혜(智慧), 그 자체(自體)도,
또한, 실체(實體)가 없는 공(空)한,
환(幻)의 지혜(智慧)이네.

청정(淸淨)한,
환(幻)의 실상지혜(實相智慧)인 반야(般若)로,
환(幻)을 좇는 업식(業識)의 환심(幻心)인
무명(無明)이 다하여도,
이 일체(一切)가,
본래(本來), 실체가 없는 공성(空性)의 세계이니,

이는,
실체(實體) 없는 공성(空性)의 지혜(智慧)로,
색성향미촉법(色聲香味觸法)의

일체(一切), 상(相)의 환(幻)을 제거(除去)하고,

공성(空性)의 지혜(智慧)로,
환(幻)을 좇는, 미혹(迷惑)의 환심(幻心)인
무명(無明)도 제거(除去)하고,

공성(空性)의 지혜(智慧)로,
무명(無明)을 제거한 지혜(智慧)인
지혜(智慧)의 환(幻)까지도, 소멸(消滅)함이네.

이(是), 일체(一切),
상(相)의 환(幻)을 제거(除去)하고,
환(幻)을 좇는 환심(幻心)도, 제거(除去)하고,
환심(幻心)을 일으키는
근본(根本) 무명(無明)도, 제거(除去)한
그 지혜(智慧)도,
또한, 환(幻)을 좇는, 환사(幻事)이니,

이는,
망념(妄念)의 환(幻)을,
지혜(智慧)의 환(幻)으로, 제거(除去)하고,
망념(妄念)을 제거(除去)한 지혜의 환(幻)까지도

또한,
제거(除去)하는, 마하반야(摩訶般若)의
무상청정지혜(無上淸淨智慧),
청정성품(淸淨性品)의 깊은, 행심반야(行深般若),
청정지혜(淸淨智慧)의 세계이네.

이(是),
실체(實體) 없는,
색성향미촉법(色聲香味觸法)의 환(幻)과
수상행식(受想行識)의 환심(幻心)은,
망심(妄心)의 환(幻)이며,

이(是),
색성향미촉법(色聲香味觸法)과
수상행식(受想行識)이, 실체(實體)가 없어,
공성(空性)임을 아는 반야지혜(般若智慧)로,

색(色)과 심(心)의 일체상(一切相)인
실체(實體) 없는 환(幻)과

일체상(一切相), 환(幻)을 좇는,
그 무명환심(無明幻心)을 멸(滅)하는, 반야(般若),

그 자체(自體)도, 실체(實體) 없는 공(空)한,
환(幻)의 지혜(智慧)이네.

이(是),
색상(色相)의 환(幻)과
심식(心識)의 일체(一切),
수상행식(受想行識)의 모든 환(幻)을,
실체(實體) 없는, 환(幻)의 지혜(智慧)로
소멸(消滅)함이니,
색(色)과 심(心)의 환(幻)도, 환(幻)이지만,

일체상(一切相), 환(幻)을 제거하는,
공(空)한, 실상지혜(實相智慧),
그 자체(自體)도, 또한,
실체(實體)가 없고, 상(相)이 없는,
공(空)한, 청정(淸淨) 환(幻)의 지혜(智慧)이네.

이(是),
좇을, 일체상(一切相)의 환(幻)이
사라지면,
상(相)을 좇는, 환심(幻心)도 사라지고,

무명(無明),
환심(幻心)이 사라지면,
좇을, 상(相)의 환(幻)과
환(幻)을 좇는, 환심(幻心)을 제거(除去)한
공성(空性)의 지혜(智慧)도, 또한, 사라지네.

만약,
환(幻)과 환심(幻心)을,
지혜(智慧)로 완전히 소멸하면,
환(幻)과 환심(幻心)만 사라질 뿐만 아니라,
환(幻)을 제거(除去)하여 소멸(消滅)한,
공(空)한 지혜(智慧)까지도, 또한, 사라지네.

왜냐면,
무명(無明)과 지혜(智慧),
이 일체(一切)가,
실체(實體)가 없는 성품이기 때문이네.

만약,
환(幻)이 있고,
환(幻)을 좇는, 환심(幻心)이 있음이,
이, 일체(一切)가,

본래(本來), 청정공성(淸淨空性)을 모르는
무명(無明)의 업식(業識) 때문이네.

이는, 곧,
환(幻)을 좇는 업식(業識)인,
미혹(迷惑)의 무명심(無明心)을 벗어나지 못해,
일체상(一切相)이 공(空)한
실상(實相)을 모르는 업식(業識)인
미혹(迷惑)의 무명심(無明心) 때문이네.

일체상(一切相)을 좇는,
일체상심(一切相心)인, 심식(心識)의 작용은,
본래(本來), 청정공성(淸淨空性)을 모르는
무명(無明)의 업식(業識)에 의함이니,

이(是), 일체상(一切相),
좇을 것, 있음의 상(相)도, 실체 없는 환(幻)이며,

환(幻)의 일체상(一切相)을 좇는,
그 좇음의 마음도, 실체 없는 환심(幻心)이며,

환(幻)을 좇는, 환심(幻心)을 제거(除去)하는

그 지혜(智慧)도,
또한, 실체 없는, 환(幻)의 지혜(智慧)이네.

그리고,
본래(本來), 청정(淸淨)한,
공성(空性)을 깨달은 그 깨달음, 그 자체도,
실체(實體) 없는, 환(幻)의 깨달음인,
환(幻)의 지혜(智慧)이네.

이(是),
환(幻)의 지혜(智慧)로,
상(相)의 환(幻)을 제거(除去)하고,
환(幻)을 좇는 환심(幻心)도, 제거(除去)하고,
환심(幻心)을 일으키는, 업식(業識)인,
근본, 무명(無明)도 제거(除去)하고,
또한,
무명(無明)을 제거(除去)한, 그 지혜(智慧)까지도,
소멸(消滅)하는,
이(是), 일체(一切)가,
모두, 환(幻) 중(中), 환사(幻事)이네.

그러므로,

상(相)도 환(幻)이며,

상(相)을 좇는 환심(幻心)도, 환(幻)이며,

무명(無明) 업식(業識)도, 환(幻)이며,

이(是), 환(幻)의 일체(一切)를 제거(除去)하여

소멸(消滅)하는,

그 지혜(智慧)까지도, 실체(實體) 없는 공(空)한,

환(幻)이네.

이(是),

일체(一切), 상(相)의 환(幻)을

소멸(消滅)하는 지혜(智慧),

그 공성(空性)의 지혜(智慧)인 반야(般若)도,

환(幻)을 좇는, 환(幻)의 지혜(智慧)이므로,

환(幻)과

환심(幻心)이 사라지면,

환(幻)을 소멸(消滅)하는, 그 청정지혜(淸淨智慧),

그 또한,

환(幻)을 좇는, 환(幻)의 지혜(智慧)이니,

그 환(幻)의 지혜(智慧), 또한,

본래(本來)의 청정본성(淸淨本性)에 들면,

본래(本來), 본연(本然)의
그 청정본성(淸淨本性)을 따라,
그 환(幻)의 지혜(智慧)도 또한, 뿌리가 없어,
홀연히 사라지네.

이(是),
환(幻)의 상(相)을 좇는 환심(幻心)도,
환(幻)이며,

이(是),
환(幻)을 소멸(消滅)하는
공성(空性)의 지혜(智慧) 또한, 환(幻)을 좇는,
환(幻)의 지혜(智慧)이니,

이(是),
일체(一切)가 모두,
환(幻) 중(中), 환(幻)임은,
본래(本來), 청정본성(淸淨本性)의
완전한 지혜(智慧)인
아뇩다라삼먁삼보리(阿耨多羅三邈三菩提)의
무상(無相), 무변제(無邊際)의 마하심(摩訶心)인
본연청정본성(本然淸淨本性)의 밝음이 아닌,

상(相)을 좇는, 지혜분별사(智慧分別事)인
환심(幻心) 중(中)의, 지혜환사(智慧幻事)이네.

본래(本來),
머묾 없는 청정공성(淸淨空性)이라,
실체(實體) 없는 환(幻)과
환(幻)을 좇는 환심(幻心)이 사라지면,
환(幻)과 환심(幻心)을 제거(除去)하는
그 공성(空性)의 지혜(智慧)도 또한,
실체(實體) 없는 환(幻)의 지혜(智慧)이므로,
또한, 사라짐이네.

이(是), 일체(一切)는,
환(幻)을 좇는 환심(幻心)이 일어나,
그 환심(幻心)을 소멸(消滅)하는
환공환심(幻空幻心)의 지혜세계이네.

이(是),
환심(幻心)을 소멸(消滅)하는 지혜(智慧)는,
공성(空性)을 깨달은
깨달음 지혜(智慧)에 의한 지혜상(智慧相)으로,
이는, 공(空)의 깨달음, 증득(證得)에 의한

지혜상(智慧相)이네.

이는, 깨달음이,
아직, 아성(我性)를 완전히 초월하지 못해,
깨달음, 증득(證得)에 의한 지혜상(智慧相)인
아견(我見), 환아(幻我)의 지혜심(智慧心)이니,
이는, 곧,
공(空)의 증득(證得), 지혜상(智慧相)으로,
환공지혜(幻空智慧)인 환공환심(幻空幻心)이네.

이는, 곧,
공(空)의 깨달음, 증득(證得)에 의한
공견(空見)의 지혜상(智慧相)이며,
공(空)의 깨달음인, 증득지견상(證得智見相)이네.

이는, 깨달음이,
완전한 일체초월(一切超越),
본연(本然) 청정(淸淨)에 이르지 못해,
완전한 공(空)의 깨달음, 점차(漸次)의 과정 속에,
상공(相空)에 들었으나
아직, 완전한 지혜(智慧)에 이르지 못해,
깨달음에 의한 환공(幻空) 환심(幻心)의 지혜,

공견상(空見相)인 공견심(空見心)을 또한,
일으킴이네.

이(是),
색성향미촉법(色聲香味觸法)의
환(幻)을 좇는, 환심(幻心)이 사라지면,
환(幻)과 환심(幻心)을 제거(除去)하는
그 지혜(智慧)도, 또한, 환(幻)의 지혜(智慧)이니,
그 지혜(智慧)도, 또한,
공성(空性)에 의지한 환(幻)의 지혜(智慧)이므로,
본래(本來), 본성(本性)에 들면,
본연본성(本然本性)의 청정성(淸淨性)을 따라,
또한, 사라지네.

왜냐면,
환(幻)의 상(相)과
환(幻)을 좇는 환심(幻心),
그 일체(一切)가, 실체(實體)가 없는
공(空)한 환(幻)이니,

본래(本來),
공(空)한, 실체(實體) 없는 것을

소멸하려거나 제거하려는 그 마음 또한,
환(幻)을 좇는 환(幻)의 지혜(智慧)이므로,
환(幻)과 환심(幻心)이 사라지면,
환(幻)에 의지해 일어난 환공(幻空)의 지혜 또한,
의지할 환(幻)과 환심(幻心)이 없어,
그러므로, 환(幻)과 환심(幻心)이 사라지면,
그 환공(幻空)의 지혜 또한,
사라지네.

이(是), 색성향미촉법(色聲香味觸法)의
모든 상(相), 그 모습,
환(幻)이 사라짐은,
일체 상(相)이 실체 없는, 공성(空性)임을 깨달은
공성(空性)의 지혜 때문이며,

환(幻)을 좇는,
환심(幻心)이 제거(除去)됨은,
환(幻)을 좇는 환심(幻心)보다 더 깊은 성품,
행심반야바라밀다심(行深般若波羅密多心)인
마하공성(摩訶空性)의 청정지혜심(淸淨智慧心),
때문이네.

또한,
환심(幻心)을 소멸(消滅)하는
공성(空性)인, 환(幻)의 지혜(智慧)를 발(發)한
그 환(幻)의 지혜공(智慧空)이, 또한,
소멸(消滅)함은,

그 환(幻)의 지혜공(智慧空)은,
제법공성(諸法空性)을 깨달은, 그 깨달음
상멸공(相滅空)의 지혜(智慧)이니,
이는, 공(空)한 지혜(智慧)의 식(識)으로,
상(相)의 환(幻)을 멸(滅)한 상멸식(相滅識)인
식멸공(識滅空)의 지혜(智慧)이므로,

식멸공(識滅空)도 끊어진,
본래(本來), 청정(淸淨)한 본성(本性)에 들면,
공(空)한 지혜상(智慧相)의 환공(幻空)인
식멸공(識滅空)도 사라지니,

상(相)의 환(幻)과
환(幻)을 좇는 환심(幻心)을 멸(滅)한,
상멸식공(相滅識空)인 공견(空見) 지혜상(智慧相),
환공(幻空)의 지혜(智慧)까지도 사라지므로,
본래(本來)의 청정성품(淸淨性品)인

청정부동(淸淨不動) 본연(本然)의 성품에 들게
됨이네.

이(是),
일체상(一切相)의 환(幻)을 좇음은,
실체 없는 공성(空性)의 환(幻)임을 모르는
무명(無明)의 업식(業識) 때문이며,

실체(實體) 없는, 일체상(一切相)을 좇는
환심(幻心)을 제거(除去)함은,
일체상(一切相)이 실체(實體) 없는 환(幻)인
무자성(無自性)의 실체(實體)인
공성(空性)을 밝게 깨달은,
청정지혜(淸淨智慧)를 열었기 때문이네.

그러나,
환심(幻心)을 제거(除去)하는
그 지혜(智慧) 또한,
환(幻)을 좇는 지혜심(智慧心)이니,
환심(幻心)을 제거(除去)하는 그 지혜(智慧)도,
환(幻)이 소멸하면 사라지는
환공(幻空)에 의지한 공성(空性)의

지혜(智慧)이네.

이(是),
실체(實體) 없는 상(相)도 환(幻)이며,
환(幻)을 좇는 환심(幻心)도 환(幻)이며,
실체(實體) 없는 환심(幻心)을 제거(除去)하는
그 지혜(智慧) 또한, 환(幻)의 지혜(智慧)이니,

이(是),
일체(一切)가, 식(識)의 차별차원(差別次元)인,
식(識)의 차별성품, 차별차원 식계(識界)의
환(幻)의 세계이네.

이는,
환공(幻空)의 지혜(智慧)로,
무명(無明)의 망환(妄幻)을 제거(除去)하는
환(幻)의 차별차원, 지혜세계이니,
이는 곧, 청정공성지혜(清淨空性智慧)인
의반야바라밀다(依般若波羅蜜多)에 의한
환(幻)의 공성(空性), 차별차원(差別次元)의
청정지혜(清淨智慧) 차별성품의 세계이네.

이는, 일체상(一切相)이,
본래(本來), 여실공(如實空)으로
실체(實體) 없는 불생불멸성(不生不滅性)이며,
청정실상(淸淨實相)인 공성(空性)임을 모르는
무명(無明)에 의한 미혹심(迷惑心)으로,
일체상(一切相)의 환(幻)을 좇는
무명훈습(無明薰習)의 미망사(迷妄事) 때문이네.

상(相)이,
실체(實體) 없는 환(幻)임을 깨달아,
그 환(幻)을 좇는
무명(無明)의 환심(幻心)을 제거(除去)하는
그 환(幻)의 공심(空心)이,
깨달음의 공성(空性)에 의지한 지혜상(智慧相),
식공(識空)인 지혜공(智慧空)이므로,

이(是), 공성(空性)의 지혜(智慧)는
유(有)의 상(相)이 공(空)한 성품임을 깨달아,
유(有)의 상(相)이 멸(滅)한 멸식(滅識)인
식멸공(識滅空)의 지혜(智慧)이니,

이는,

상(相)이 공(空)한 환(幻)임을 깨달아,
식멸공(識滅空)의 지혜(智慧) 속에 있어도,
이(是), 또환, 그 실상(實相)이 공(空)함으로
환공(幻空)인, 환(幻)의 지혜(智慧)이네.

이(是),
식멸식공(識滅識空)의 지혜(智慧)인
식멸공(識滅空)으로, 구경(究竟) 식멸처(識滅處)인
구경열반(究竟涅槃)에 이르렀어도,

이, 또한,
식멸처(識滅處)인 식공열반(識空涅槃)이며,
환공열반(幻空涅槃)이니,

삼세제불(三世諸佛)의 불지혜(佛智慧),
아뇩다라삼먁삼보리(阿拇多羅三邈三菩提)가
아니네.

이(是),
삼세제불(三世諸佛)의 불지혜(佛智慧),
아뇩다라삼먁삼보리(阿拇多羅三邈三菩提)는,

보리살타(菩提薩埵)의
식멸식(識滅識)의 지혜(智慧)인, 식멸공(識滅空)인
식멸처(識滅處)의 구경열반(究竟涅槃)이 아닌,
본성광명(本性光明)의 불지혜(佛智慧)이네.

상(相)의 환(幻)과
환심(幻心)의 환(幻)을 소멸(消滅)하는
환(幻)의 공성지혜(空性智慧)는,
그 또한,
환공(幻空)의 지혜(智慧)로 환(幻)을 좇는
환사(幻事)의 지혜(智慧)이네.

이(是),
공(空)을 깨달은 공견식(空見識)인
식멸공(識滅空)의 환식지혜(幻識智慧)는,
공성(空性)을 깨달아
공성(空性)의 지혜가 점차(漸次) 깊어지는
심공(心空)의 지혜상(智慧相)이네.

이는,
완전한 불지(佛智)의 완성에 이르기까지
깨달음의 지혜가 점차 열리는
공성지혜(空性智慧)의 차별차원(差別次元)이니,

이는, 반야지혜(般若智慧)가 점점 깊어지는
불지(佛智)를 향해 깨달음이 열리는 지혜의 차원,
공성지혜(空性智慧)의 차별세계이니,
이는, 환공지혜(幻空智慧)의 차별지혜세계이네.

그러므로, 환공(幻空)인,
환(幻)의 청정(淸淨) 공성지혜(空性智慧)는,
제법공성(諸法空性)을 깨달은
그 깨달음에 의한 지혜상(智慧相)으로,
이는, 곧,
유견상(有見相)이 멸(滅)한
상멸식공(相滅識空)의 지혜(智慧)이니,
이는, 공(空)을 깨달은 공견식(空見識)인
식멸공(識滅空)의 환공지혜(幻空智慧)이므로,

본성광명(本性光明)의 불지혜(佛智慧)인,
아뇩다라삼먁삼보리(阿耨多羅三邈三菩提)에
이르면,

불길 속에,
한 점, 눈꽃 송이가 떨어져, 그 흔적이 사라지듯,
그 흔적을, 찾을 수가 없네.

이(是),
일체상(一切相)의 환(幻)이,
공성(空性)의 지혜(智慧)로 사라지고,
환(幻)을 좇는 환심(幻心)인 무명(無明)도
사라지면,

상(相)의 환(幻)과
환(幻)을 좇는 환심(幻心)인
무명(無明)을 제거(除去)하여, 다한,
그 환(幻)의 공심(空心)인 지혜(智慧)도, 또한,
본래(本來) 공성(空性)이라,
그 자체(自體)도, 실체(實體) 없는 환(幻)이니,
본연(本然) 청정성(淸淨性)을 따라,
사라지네.

이(是),
무명(無明)이 다하여도
무명(無明)을 다함이 없음은,
무명(無明) 그 자체(自體)가
본래(本來) 실체(實體)가 없는 성품이니,
무명(無明)이 다하였어도
무명(無明)이 다한 그 자체(自體)가

없음이네.

또한,
무명(無明)을 제거(除去)하여, 다한,
그 지혜(智慧)인 반야(般若)도,
본래(本來) 실체(實體)가 없는 환공(幻空)이며,
상멸식(相滅識)에 의지한 공성(空性)이므로,
그 지혜 또한, 실공실성(實空實性)이 아닌
실체(實體)가 없는, 환(幻)의 공성(空性)이니,
그 환(幻)의 실체(實體)가 없어
무엇이라 이름하거나, 일컬을 것이 없네.

공(空)은,
일공(一空)이어도,
지혜(智慧)가 열린, 지혜 깊이의 차원에 따라
공성지혜(空性智慧)의 차별이 있음이니,

본연(本然), 본성(本性)인,
청정성품(淸淨性品),
실공실성(實空實性)에 이르기 전에는
일체공(一切空)이, 차별환공(差別幻空)이네.

이(是),

차별환공(差別幻空)은,

완전한 지혜의 완성(完成)인, 불지(佛智)가 아닌,

공성(空性)을 깨달은, 식멸공(識滅空)이니,

이는,

무명(無明)의 중생식(衆生識)이 멸(滅)한,

식멸공(識滅空)의 깊이와 차원에 따라

깨달음이 열린 깊이와 차원(次元)이 다른,

공성지혜(空性智慧), 차별차원(差別次元) 성품의

오온개공심(五蘊皆空心)이네.

완전한,

지혜의 완성(完成)에 이르기 전에는,

공성(空性)이 열리는

지혜의 깊이, 차별차원이 있음을

경(經)의 내용에서도 언급(言及)함이 있으니,

이는, 깊은 반야(般若)의 지혜임을 드러내는

행심반야바라밀다시(行深般若波羅密多時)의

반야(般若), 공성지혜(空性智慧)의 깊은

차원의 성품임을 일컬음이네.

본래(本來),

본연(本然) 본성(本性)의
완전한 실공실성(實空實性)이며,
완전한 무상지혜(無上智慧)의 완성(完成)인
불지(佛智)에는,
일체차별차원(一切差別次元) 지혜(智慧)의
일체환공(一切幻空)도 완전히 끊어져,
완전한 일체초월(一切超越),
지혜의 완성(完成)인 무상각(無上覺),
무상청정(無上淸淨) 본연본성(本然本性)인
삼세제불지(三世諸佛智)에 이르게 됨이네.

그러므로,
완전한 지혜의 완성(完成)인
무상(無上) 불지(佛智)에 이르기까지는
점차 깊어지는 깨달음, 반야(般若)의 지혜세계도,
무명심식(無明心識)을 점차 벗어나므로
깨달음이 깊어지는 차별차원(差別次元)에 따라,
식멸공(識滅空)의 공성지혜(空性智慧)도
점차(漸次) 깊어지는,
환공반야(幻空般若)의 차별차원, 지혜성품의
차별세계가 있음이네.

이(是),

멸식차별지혜성품(滅識差別智慧性品)에 머물러
아직, 완전한 불지(佛智)에 이르지 못한
일체 수행지혜와 일체 수행지혜성품세계인
일체환공(一切幻空)의 차별차원(差別次元)을 모두,
완전히 초월(超越)하여,
완전한 본연(本然) 본성(本性)의 성품인
실상반야(實相般若)의 무상(無上)성품에 이르러야,
마하(摩訶), 본연(本然)의 성품,
실공실성(實空實性)인 완전한 무상각(無上覺),
곧, 본래(本來) 본연(本然)의 성품인
청정지혜(淸淨智慧)의 실상반야(實相般若)가
완전히 구족(具足)함이네.

아직,
불지(佛智)에 완전히 이르지 못한
깨달음 증득의 공견지혜상(空見智慧相)에 든,
일체 수행지혜와 일체 수행지혜성품이 끊어지면,
깨달음에 의한 일체(一切) 식멸공(識滅空)인
일체(一切) 환공지혜(幻空智慧)도 사라지니,

이것이,
본래(本來), 상(相) 없는 본연지혜(本然智慧)인

마하반야(摩訶般若)이며,
본래(本來) 공(空)한 성품의 지혜(智慧)이니,
이는, 곧, 본래 본성(本性)의 성품인
불생불멸심(不生不滅心)이며
마하반야심(摩訶般若心)이며
불생불멸지(不生不滅智)이며
마하반야(摩訶般若)의 무변청정심(無邊淸淨心)인
불지혜(佛智慧)의 세계이네.

공성(空性)과 공견(空見),
이 지혜(智慧)의 성숙(成熟)은
무명(無明)을 벗어나는 지혜의 차원에 따라
점차 깊어지며,
일체(一切), 깨달음과 증득(證得)의 지혜는
식멸차별차원(識滅差別次元)의
지혜(智慧), 증득견심(證得見心)에 의한
지혜차별차원(智慧差別次元)의 세계인
일체(一切), 환공환심(幻空幻心)의
지견상(智見相)이네.

본성(本性),
청정본연(淸淨本然)인

무변무상청정지(無邊無相淸淨智)에 이르면,

일체(一切), 깨달음과 증득(證得)에 의한

일체(一切), 증득지(證得智)와 지견심(智見心),

지혜차별(智慧差別)의 환공환아(幻空幻我)가 없어,

일체(一切), 깨달음과 증득(證得)도 사라져

일체(一切), 상(相)과 견(見)과 심(心)이 없는

무변청정공성각명(無邊淸淨空性覺明)이

걸림 없이, 두루 밝고 밝아,

완연(完然)할 뿐이네.

내지무노사(乃至無老死)

내지무노사(乃至無老死)는,
또한, 노사(老死)도 없음이네.

이는,
시제법공상(是諸法空相)에는
무명(無明)이 다함이 없을 뿐만 아니라,
노사(老死)도 없다는, 뜻이네.

이는,
무명(無明)으로부터, 노사(老死)에 이르는
십이인연법(十二因緣法)의 일체(一切)가
그 실체(實體)가 없는 공성(空性)의 환(幻)이니,
무명(無明)으로부터, 노사(老死)가 다하여도
그 다한, 멸(滅)의 상(相)이 없음을 일컬음이네.

반야심경(般若心經)의 일체(一切)는
반야(般若)의 지혜(智慧)에 의한
본래(本來) 공(空)한 실상(實相)을 드러내므로,

이(是), 일체(一切)가
공(空)한 실상(實相) 성품의 세계이니,
본래(本來) 공(空)한 실상(實相)을 알지 못하면,
지식(知識)과 논리(論理)로만 이해하는 것에는,

반야심경(般若心經)의 지혜(智慧) 성품인
청정공성(淸淨空性)의 무상법(無相法)과
마하반야(摩訶般若)의 바라밀다심(波羅蜜多心)인
무상심(無相心), 지혜 성품의 깊이를 헤아리고
이해(理解)하려 해도,

단지,
성품이, 분별식(分別識)에 가려
지혜(智慧)가 원융(圓融)하지 못하여,
반야심경(般若心經)의 성품세계를 이해함에는
한계(限界)가 있음이네.

그러나,
이(是), 반야(般若)의 가르침을 통해,

일체상(一切相)이 실체(實體) 없는
공성(空性)임을 알며,
무명(無明)에 얽매인 미혹(迷惑)을 벗는
반야(般若), 지혜(智慧)의 길도 깨닫게 되므로,

불지혜(佛智慧)의 세계,
반야(般若)에 대한 공성(空性)의 지혜(智慧)에
깊이 사무치면,
궁극(窮極)의 구경(究竟)까지 초월(超越)해
남김 없이 밝게 깨닫고,
무상(無上) 불지혜(佛智慧)의 세계를
열게 됨이네.

이(是), 지혜(智慧)는,
오온(五蘊)의 일체상(一切相)이
실체 없는, 공(空)한 환(幻)임을 깨닫지 못해,
상(相)에 얽매여 훈습(薰習)된
미혹(迷惑)의 습기(濕氣)인 무명심(無明心)과
삶의 일체고액(一切苦厄)을 벗어나는
무상(無相) 청정지혜세계(淸淨智慧世界)인
반야(般若), 불지혜(佛智慧)의 세계이네.

이(是),
반야(般若)의 불지혜(佛智慧)로
보리살타(菩提薩埵)가 구경열반(究竟涅槃)에
들고,

삼세제불(三世諸佛)이,
아뇩다라삼먁삼보리(阿耨多羅三邈三菩提)를
성취함이네.

그러므로,
반야바라밀다(般若波羅蜜多)의 지혜(智慧)는,
불가사의, 지혜성취(智慧成就)에 듦으로
대신주(大神呪)이며,

불가사의, 본성광명(本性光明)에 듦으로
대명주(大明呪)이며,

불가사의, 무상지혜(無上智慧)에 듦으로
무상주(無上呪)이며,

불가사의, 대열반성(大涅槃性)에 듦으로
무등등주(無等等呪)이네.

이(是),
일체(一切)가, 생사(生死)가 없는
불가사의(不可思議), 지혜(智慧)에 들게 하고,
생사고해(生死苦海)의 일체고(一切苦)를
능히, 제거(除去)함으로,
진실(眞實)하여 헛되지 않음을
경(經)에 설(說)하셨네.

그러므로, 무명(無明)과 미혹(迷惑),
그리고, 그 고(苦)가 무엇이든,
이(是), 불지혜(佛智慧)에 말미암지 않고는
오온(五蘊)의 일체고(一切苦)를 벗을 수
없음이네.

이(是),
마하반야(摩訶般若)의 지혜(智慧)에 의지하면,
십이인연법(十二因緣法)에 의한
무명(無明)의 일체고(一切苦)를 벗어나,
일체상(一切相)의 미혹(迷惑) 없는
무한(無限), 무상무변제심(無上無邊際心)에 들어,
생사(生死) 없는, 청정(淸淨) 불지혜(佛智慧)를
원만성취(圓滿成就)함이네.

이는,
본래(本來), 청정(淸淨) 실상(實相)이며,
본성(本性), 무한(無限) 무변제심(無邊際心)인
마하반야(摩訶般若)의 불지혜(佛智慧)를
성취(成就)하기 때문이네.

이(是), 지혜(智慧)가,
생사(生死)를 벗어난, 불생불멸심(不生不滅心)인
바라밀다심(波羅蜜多心)이네.

이는,
생사(生死) 없는
불생불멸심(不生不滅心)이니,
일체고(一切苦)가 없는 구경열반(究竟涅槃)이며,
삼세제불(三世諸佛)의 본성광명(本性光明)인
아뇩다라삼먁삼보리(阿耨多羅三邈三菩提)이네.

역무노사진(亦無老死盡)

역무노사진(亦無老死盡)은,
또한, 노사(老死)가 다함도 없음이네.

노사(老死)가 다하여도, 다함이 없음은,
시제법공상(是諸法空相)의 실상(實相) 성품인
공(空)한 성품 중(中)에는
본래(本來), 노사(老死)가 없기 때문이네.

이는,
일체상(一切相)의 실상(實相)인
공성(空性)의 깨달음, 지혜(智慧)에 들어,
실체 없는, 일체상(一切相)의 환(幻)을 좇는
무명(無明)이 사라져, 노사(老死)까지 다하여도,
노사(老死)가 다함도 없음이네.

노사(老死)가,
본래(本來), 실체(實體) 없는 환(幻)이므로

그 실상(實相)이 공성(空性)이니,

그 공성(空性)의 환(幻)인 노사(老死)가 사라져도,

그 환(幻)의 실체(實體)가, 본래 없는 모습이니,

공성(空性)의 지혜로 노사(老死)가 다하여도

역시, 노사(老死)가 다함도 없다, 함이네.

이(是),

상(相)을 좇는 마음이,

좇는 상(相)이 실체(實體) 없는 환(幻)임을

깨달으면,

좇는 상(相)만,

실체(實體) 없는 환(幻)임을 깨달음만, 아니라,

환(幻)을 좇는 그 마음도 또한, 돌이켜,

실체(實體)가 없는 환(幻)임을 깨닫게 됨이네.

왜냐면,

상(相)도, 실체(實體) 없는 공성(空性)이며,

상(相)을 좇는 그 마음도 또한,

실체(實體) 없는 공성(空性)이므로,

상(相)의 실상(實相)을 깨닫는

공성(空性)의 지혜(智慧)가 열릴 때에,
색성향미촉법(色聲香味觸法)의 일체상(一切相)과
상(相)의 분별 식심(識心)인 수상행식(受想行識)
오온(五蘊)이 다, 실체(實體)가 없는 공(空)한
한 성품이기 때문이네.

이는,
밖의 일체상(一切相)이 공(空)함을 깨달으면,
안의 일체심(一切心)이 공(空)함을 깨달으며,

또한, 분별(分別)하는,
안의 일체심(一切心)이 공(空)함을 깨달으면,
밖의 일체상(一切相)이 공(空)함을 깨닫게 됨이네.

이는,
밖의 일체상(一切相)이 실체 없어 사라지니,
그 상(相)을 좇는, 그 환(幻)의 마음도 또한,
흔적 없이 사라지게 됨이네.

왜냐면,
상(相)을 좇는 그 마음은,
상(相)을 좇아 일어난, 상(相)의 분별심이니,

좇는 상(相)이 실체(實體)가 없으니,
상(相)을 좇는 그 분별심(分別心), 또한,
사라짐이네.

이는,
안의 분별심(分別心)이 일어남은,
밖의 대상(對相)을 좇아, 분별하기 때문이며,

밖의 대상(對相)을 좇아, 분별(分別)함은,
안의 마음이, 밖의 대상(對相)이 실체 없는
공성(空性)임을 깨닫지 못하기 때문이네.

이(是), 색성향미촉법(色聲香味觸法)의
상(相)이, 실체(實體)가 없음을 깨달으면,
상(相)을 분별하여 좇는, 그 분별심 또한,
실체(實體) 없는 공성(空性)에 들어,
분별(分別)할 상(相)도,
상(相)을 좇는 분별심(分別心)도, 끊어짐이네.

만약,
대상(對相)을, 상(相)으로 인식(認識)하면,
그 상(相)에 머무름과

그 상(相)을 분별하는, 상심(相心)이 일어나므로,
그 상(相)에 머무른 마음이, 환(幻)임을 몰라,
머묾의 분별이, 실체(實體) 없는 환심(幻心)이며,
환아(幻我)이어도,

상(相)을 좇아 분별하는,
실체(實體) 없는 환식(幻識)인, 자아(自我)가,
실체(實體)가 있는 것으로
잘못 인식(認識)함이네.

일체상(一切相),
대상(對相)이, 머묾이 없어, 실체(實體)가 없는,
공(空)한 실상(實相)을 깨달으면,
대상(對相)을 좇아 분별(分別)하는 상심(相心)도,
실체(實體) 없는 공(空)한 성품임을 깨달으니,

공(空)한 실상(實相)의 공성(空性)에 들면,
색(色)과 심(心)의 오온(五蘊)이 다, 공(空)하여
실체가 없어, 시제법공상(是諸法空相)이네.

이(是),

일체상(一切相)이,
찰나에도 머무름이 없어, 실체(實體)가 없는,
공성(空性)의 환(幻)이므로,
환(幻)을 좇는 환심(幻心)인, 무명(無明)이
사라져,
노사(老死)가 다하여 사라져도,
본래 노사(老死)가, 실체 없는 공성(空性)이므로,

본래(本來) 공(空)한 그 실상(實相)을 깨달으면,
그 공성(空性)의 성품에는
노사(老死)가 본래(本來) 없으니,

그러므로
또한, 노사(老死)가 다하였어도,
노사(老死)가 다한, 그 자체가 없음이네.

이는,
공성(空性)의 지혜로, 노사(老死)가 다하였어도,
노사(老死)의 모습이, 본래(本來) 머무름이 없는
공성(空性)의 흐름인 시성(時性)의 모습이니,
그 실체(實體)가 공성(空性)의 환(幻)이므로,
공성(空性)의 지혜로, 노사(老死)가 다하였어도,
노사(老死)가 다한, 그 자체가 없네.

무고집멸도(無苦集滅道)

무고집멸도(無苦集滅道)는,
사성제(四聖諦)인
고집멸도(苦集滅道)가 없음이네.

고집멸도(苦集滅道)의
사성제(四聖諦)는,

고(苦)는, 일체고(一切苦)이며
집(集)은, 고(苦)의 원인(原因)인, 인행(因行)이며
멸(滅)은, 고(苦)가 없음이며
도(道)는, 고(苦)를 멸(滅)하는 도(道)이니
도(道)는, 고인(苦因)인, 집(集)의 소멸도(消滅道)
이네.

고(苦)는,
고과(苦果)이니, 집(集)의 결과(結果)이며,

집(集)은,
고인(苦因)이니, 고(苦)의 원인(原因)이며,

멸(滅)은,
고멸(苦滅)이니, 도(道)의 결과(結果)이며,

도(道)는,
고멸도(苦滅道)이니, 멸(滅)의 원인(原因)이네.

이는,
고(苦)는, 고인(苦因)의 과(果)이며
집(集)은, 고인(苦因)의 행(行)이며
멸(滅)은, 고멸(苦滅)의 과(果)이며
도(道)는, 고인(苦因)의 멸행(滅行)이네.

고(苦)는, 무명생사고(無明生死苦)인 과(果)이며
집(集)은, 무명일체행(無明一切行)인 인(因)이며
멸(滅)은, 무명생사멸(無明生死滅)인 과(果)이며
도(道)는, 무명소멸행(無明消滅行)인 도(道)이네.

그러므로,
고(苦)는, 중생(衆生)의 일체고(一切苦)이며
집(集)은, 중생(衆生)의 무명행(無明行)이며
멸(滅)은, 불보리(佛菩提)의 완성(完成)이며
도(道)는, 공성(空性)의 반야행(般若行)이네.

고(苦)는, 집(集)이 원인(原因)이니
집(集)을, 멸(滅)하는 것이, 도(道)이며,
멸(滅)은, 고(苦) 없음이니, 이는,
도(道)로, 고인(苦因)인, 집(集)의 소멸행(消滅行)
이네.

그러므로,
사성제(四聖諦)인,
고집멸도(苦集滅道)의 인연(因緣) 관계는,

고(苦)는,
집(集)의 원인(原因)의 결과(結果)이며,

집(集)은,
고(苦)의 결과(結果)의 원인(原因)이며,

멸(滅)은,
고(苦) 없음이니, 도(道)의 결과(結果)이며,

도(道)는,
고(苦)의 원인(原因)인, 집(集)의 멸행(滅行)이네.

고(苦)는,
마음 본래(本來), 본성(本性)의 청정성품인,
청정심(淸淨心)의 평안(平安)을 잃은 상황을
고(苦), 또는, 고해(苦海)라 하네.

이는,
본래본심(本來本心)의 청정성품(淸淨性品)인,
청정심(淸淨心)의 본연성품(本然性品)을
잃음이네.

이(是), 경(經)에,
고멸(苦滅)인, 도일체고액(度一切苦厄)은,
고(苦)를 벗어나, 낙(樂)을 좇음이 아님이니,

이(是)는,

본래(本來), 본성(本性)의 대열반성(大涅槃性)인,
청정평안(淸淨平安)을 잃은 상황(狀況)인
일체고액(一切苦厄)의 상태를 벗어나,
마음 본성, 본연(本然)의 대열반성(大涅槃性)인,
마하반야바라밀다심(摩訶般若波羅蜜多心)의
완전한 깨달음, 지혜의 완전한 평안(平安)인
본연(本然)의 대열반성(大涅槃性)에 듦이네.

이(是), 청정(淸淨)성품의
완전(完全)한 평안(平安)과 평화(平和)는,
본래(本來) 본성(本性)의 완전한 지혜(智慧)인,
완전(完全)한 깨달음, 궁극(窮極) 지혜(智慧)의
완성(完成)이네.

궁극(窮極)의 지혜(智慧),
완전한 깨달음은,
본래(本來) 본연(本然)의 무변제(無邊際)의 성품,
마하바라밀다(摩訶波羅蜜多)의 청정성품일 뿐,
수행으로 얻었거나, 이룩하여 성취(成就)한
증득(證得)의 지혜가 아님이니,

이는,
본성(本性)의 성품으로,

완전한 깨달음의 무상보리(無上菩提)이며,
본래(本來) 본연(本然)의 성품인
아뇩다라삼먁삼보리(阿耨多羅三邈三菩提)에
듦이네.

고(苦)인,
일체고액(一切苦厄)이,
고(苦)의 원인(原因)인 집(集)에 의함이니,
집(集)의 소멸(消滅)이 없으면,
고(苦)인, 일체고액(一切苦厄)을 벗을 수
없으므로,

이(是), 경(經)에서,
고(苦)의 원인(原因)인, 집(集)의 성품을
밝게 보는, 상(相) 없는 반야지혜(般若智慧)인
조견오온개공(照見五蘊皆空)의 청정지(淸淨智)로
일체고액(一切苦厄)을 벗어남이네.

왜냐면,
고(苦)의 원인(原因)인, 집(集)이,
실체(實體) 없는 공(空)한 성품인,
색성향미촉법(色聲香味觸法)의 환(幻)을 좇아

일어난, 무명(無明) 업식(業識)의 환심(幻心)이니,
이를, 제거(除去)하지 않으면,

실체(實體) 없는 공(空)한 성품,
환(幻)을 좇아 일어난
환(幻)의 전도몽상(顚倒夢想)인,
환심(幻心)세계의 일체고액(一切苦厄)을
소멸(消滅)할 수가 없기 때문이네.

그러므로,
실체(實體) 없는 공(空)한 성품의 환(幻)인,
색성향미촉법(色聲香味觸法)이 실체(實體)가 없는,
본래(本來), 공(空)한 성품임을 깨닫는
조견오온개공(照見五蘊皆空)의 지혜(智慧)로,

환(幻)을, 집착해 좇는,
전도(顚倒)된, 무명(無明)의 환심(幻心)을
소멸(消滅)하게 함이네.

이(是)는,
실체(實體) 없고,

머무름 없는 환(幻)의 상(相)을 좇는
일체고액(一切苦厄)의 환심(幻心)이 사라져,
마하반야(摩訶般若)의 상(相) 없는 지혜(智慧)로
평안(平安)의 구경열반(究竟涅槃)에 이르게 하며,

상(相)이 없어, 일체고(一切苦)가 없는,
본래 본성(本性)의 밝은 지혜광명(智慧光明)인
아뇩다라삼먁삼보리심(阿耨多羅三邈三菩提心)에
이르게 함이네.

이(是)는,
본래본심(本來本心)의 청정(淸淨)성품으로,
무상(無相) 무한(無限), 무변제본심(無邊際本心)인
바라밀다심(波羅蜜多心)의 완전한 평안(平安)이니,
이는, 본래(本來)의 본성(本性)이며,
본연(本然)의 밝은 성품인
완전(完全)한 깨달음에 이르게 함이네.

그런데,
사성제(四聖諦)인
고집멸도(苦集滅道)가 없음은,
고집멸도(苦集滅道)의 성품이 실체(實體)가 없어,

그 실체(實體)가 공(空)한 성품이기 때문이며,

또한,
고집멸도(苦集滅道)의 멸(滅)의
그 마음 성품에는,
고집멸도(苦集滅道)의 멸(滅)의 멸심(滅心)인,
멸(滅)의 상(相)이 없기 때문이네.

성스러운, 진리(眞理)인,
사성제(四聖諦),
고집멸도(苦集滅道)의 법(法)은,
상(相)의 법(法)이 아니라,

여실(如實)한,
공성지혜(空性智慧)의 법(法)이므로,

고집멸도(苦集滅道)의 진리(眞理)인
사성제법(四聖諦法)의 진리(眞理)의 성품,
고제(苦諦)인, 고(苦)의 진리(眞理)
집제(集諦)인, 집(集)의 진리(眞理)
멸제(滅諦)인, 멸(滅)의 진리(眞理)
도제(道諦)인, 도(道)의 진리(眞理),

이(是), 자체(自體)가,
실체(實體)가 없는, 공성(空性)의 도(道)이네.

사성제(四聖諦)의 진리(眞理)인,
사제(四諦), 진리(眞理)의 성품, 실제(實際)에
들면,
공성(空性)의 도(道)이므로,

사성제(四聖諦)의
성스러운, 진리(眞理)의 성품이며,
완연(完然)한 완성(完成)인, 멸제(滅諦)의 성품,
멸제(滅諦)의 진리(眞理)에 들면,

사성제(四聖諦)의
완연(完然)한 완성(完成)이어도,
본래(本來), 공성(空性)의 진리(眞理)이므로,
공성(空性)인, 마하(摩訶)의 청정지혜(淸淨智慧)로,
실체(實體) 없는, 상(相)의 환(幻)을 좇는
환심(幻心)을 멸(滅)한 것이니,

환(幻)을 좇는, 환심(幻心)이 멸(滅)하여
멸제(滅諦)에 들어도,

본래(本來), 공성(空性)이라,
환(幻)을 멸(滅)한, 멸상(滅相)이 없고,

또한,
환심(幻心)을 멸(滅)한, 멸심(滅心)도 없으니,

일체(一切)가,
본래(本來), 둘(二) 없는 본연(本然)의 성품,
무한(無限), 무변제(無邊際)의 청정성품이네.

이것이,
성스러운, 불지혜(佛智慧),
고집멸도(苦集滅道), 사성제(四聖諦)의 진리(眞理),
멸제(滅諦)의 청정실상(淸淨實相)이네.

이(是)는, 곧,
마하반야(摩訶般若)의 지혜(智慧),
청정공성지(淸淨空性智)인
무상(無相), 무한(無限) 무변제심(無邊際心)이며,

도일체고액(度一切苦厄)의
청정평안(淸淨平安) 구경열반(究竟涅槃)인

바라밀다심(波羅蜜多心)이며,

조견오온개공(照見五蘊皆空)의
본성광명(本性光明) 불지혜(佛智慧)인
아뇩다라삼먁삼보리(阿耨多羅三邈三菩提)이네.

무지(無智)

무지(無智)는,
지혜(智慧)가 없음이네.

이는,
지혜(智慧)가 없어, 지혜(智慧)가 없다, 함이
아니네.

이(是), 지혜(智慧)가,
지혜(智慧)의 상(相)이 없어
지혜(智慧)가 없다 함이네.

이(是), 지혜(智慧)는,
공성(空性)의 지혜(智慧)이며,
오온개공(五蘊皆空)의 반야지(般若智)이네.

이는, 지혜(智慧)가,
무엇에 의지(依支)한 법(法)도 없고,
무엇에 의지(依支)한 마음의 상(相)도 없어,
공(空)한 지혜(智慧)에도 머묾 없는,
지혜상(智慧相)이 없는 청정지혜(淸淨智慧)이므로,
청정상(淸淨相)에도 머묾이 없고,
공성(空性)인 무자성(無自性)에도, 머묾이 없어,
무엇에도 머묾 없는 지혜(智慧)이니,
지혜(智慧)의 성품이, 상(相)이 없어 청정하여,
지혜(智慧)가 없다 함이네.

이(是)는,
무엇에도 머묾 없는,
본래청정(本來淸淨)의 성품
마하반야(摩訶般若)의 성품이기 때문이며,
지혜상(智慧相)이 없는, 청정성품이기 때문이며,
청정공성(淸淨空性)의 성품이기 때문이며,
오온개공(五蘊皆空)의 성품이기 때문이며,
시제법공상(是諸法空相)의 성품이기 때문이며,
본래(本來), 본연(本然)의 무상(無相) 청정성품인
무변제(無邊際)의 본성(本性)이기 때문이네.

이(是),
지혜가 상(相)이 없는, 본연(本然) 청정성품의
불지혜(佛智慧)이네.

이(是),
지혜(智慧)가, 지혜상(智慧相)이 없는,
무지(無智)의 지혜(智慧)이니,
이는 곧, 마하반야(摩訶般若)의 지혜(智慧)이며
오온개공(五蘊皆空)의 지혜(智慧)이며
시제법공상(是諸法空相)의 지혜(智慧)이며
구경열반(究竟涅槃)의 지혜(智慧)이며
바라밀다(波羅蜜多)의 지혜(智慧)이네.

이(是),
지혜(智慧)의 청정성품(淸淨性品)이,
고집멸도(苦集滅道)의
사성제(四聖諦), 멸(滅)의 실제(實際)의 성품이며,

이(是), 불지혜(佛智慧)의 성품이
아뇩다라삼먁삼보리(阿耨多羅三邈三菩提)이네.

역무득(亦無得)

역무득(亦無得)은,
또한, 얻음이 없음이네.

이는, 증득(證得)인,
얻음이 없어, 얻음이 없음이 아니라,
그 얻음이,
곧, 얻음의 지혜상(智慧相)이 없고,
그 증득(證得)이, 증득(證得)의 상(相)이 없으며,
또한, 그 얻음이, 얻을 바가 없는
본래(本來)의 성품이기 때문이네.

이(是),
얻음이 없다. 함에는,
두 가지의 뜻이 있음이니,

그 하나는,
지혜(智慧)가, 지혜(智慧)의 상(相)이 없어,
지혜(智慧)를 얻었어도,
증득(證得)하여 얻은 지혜(智慧)가 없음이며,

또, 하나는,
그 성취한, 청정구경열반(淸淨究竟涅槃)의 성품과
아뇩다라삼먁삼보리(阿耨多羅三邈三菩提)의
성품이, 본래(本來)의 성품이므로,
그 무상(無上), 궁극(窮極)의 성품을 얻었어도,
그 얻음이, 본래(本來)의 성품이니
얻음이 없다, 함이네.

이(是),
지혜(智慧)를 증득(證得)하여 얻었어도,
얻음이 없음은,

일체상(一切相)이 공(空)한 성품에 들어,
마하반야(摩訶般若)의 지혜(智慧)를 얻고,
일체법(一切法)의 오온개공지(五蘊皆空智)를 열며,
무색성향미촉법(無色聲香味觸法)인
제법공상지(諸法空相智)로,

일체고액(一切苦厄)을 벗어나
구경청정열반지(究竟淸淨涅槃智)에 들며,
마하바라밀다지(摩訶波羅蜜多智)로
아뇩다라삼먁삼보리(阿耨多羅三邈三菩提)를 얻는
이(是), 자체(自體)가,
곧, 무상(無相), 청정공성(淸淨空性)의
지혜(智慧)이니,

일체상(一切相)이 공(空)함을 깨달아,
일체상(一切相)과 일체고액(一切苦厄)을 벗어나,
불지혜(佛智慧)를 얻었어도,
이 지혜(智慧)의 상(相)이 없어,
얻음이 없음이네.

이(是), 지혜(智慧)가,
일체(一切) 상(相)이 없고, 실체(實體)가 없는,
무상청정지(無相淸淨智)이니,
공성(空性)을 증득(證得)하고,
불지혜(佛智慧)를 얻음이 없지 않으나,
이 일체(一切)가, 상(相)이 없는,
곧, 무상청정지(無相淸淨智)이므로,

무상(無相)의 성품,
청정지(淸淨智)를 증득(證得)하였어도,
증득(證得)한, 지혜(智慧)의 상(相)이 없네.

이는, 지혜(智慧)를 증득(證得)한
그 얻음의 지혜(智慧)가,
무상(無相), 청정지(淸淨智)이므로,
지혜(智慧)가 상(相)이 없어,
지혜(智慧)를 증득(證得)하여 얻었어도,
그 얻음이, 얻음의 상(相)이 없어,
지혜(智慧)를 얻음이 없네.

또한, 그 얻음이,
본래(本來)의 성품이므로, 얻음이 없음은,

일체상(一切相)이 공(空)한,
오온개공(五蘊皆空)인 공성(空性)의 성품을
증득(證得)하고,

시제법공상(是諸法空相)인,
일체법(一切法)이 공(空)한, 그 성품의 지혜로,
일체고(一切苦)를 제거(除去)하여,

청정실상(淸淨實相)의 성품을 증득(證得)하며,

일체상(一切相) 일체법(一切法)을 벗어난,
생멸(生滅) 없는 청정공성지(淸淨空性智)인
마하반야(摩訶般若)의 청정지혜(淸淨智慧)로,
구경청정열반(究竟淸淨涅槃)을 증득(證得)하고,

무명(無明) 없는 바라밀다(波羅蜜多)의 성품,
아뇩다라삼먁삼보리(阿耨多羅三邈三菩提)인
불지혜(佛智慧)의 성품을 증득(證得)하여
얻었어도,

이(是), 일체(一切)를, 증득(證得)하여 얻은,
그 지혜(智慧)와 증득(證得)의 성품이,
본래(本來), 본성(本性)의 청정지혜이며,
또한, 본래(本來), 본성(本性)의 청정성품이므로,
그 얻음이, 얻음이 없음이네.

이는,
수행으로 증득(證得)하여 얻은 지혜(智慧)와
지혜(智慧)로 증득(證得)하여 얻은 성품이 아닌,
본래(本來), 본성(本性)의 청정성품이며,

본래(本來), 본성(本性)의 청정지혜이므로,

불가사의, 바라밀다(波羅蜜多)의 지혜와
불가사의, 아뇩다라삼먁삼보리의 성품을
증득(證得)하였어도,
불지혜(佛智慧)를 얻음이 아님은,

이(是)를, 증득(證得)하여 든,
그 청정지혜(淸淨智慧)와 그 증득(證得)의 성품이,
본래(本來), 충만(充滿)한 본성(本性)의 지혜이며,
본래(本來), 충만(充滿)한 본성(本性)의 성품이기
때문이네.

그러므로,
불지혜(佛智慧)를 증득(證得)하여, 들었어도,
그 성품과 지혜(智慧)가,
오온개공(五蘊皆空)으로 증득한 지혜가 아니며,
오온개공(五蘊皆空)으로 증득한 청정성품이 아닌,
본래(本來), 본성(本性)의 성품과 지혜(智慧)이니,
지혜(智慧)를 증득(證得)하여, 얻음이 있어도,
그 얻음이, 얻음이 아닌 본래(本來)의 것이니,
얻음이 없음이네.

이(是),
불가사의 지혜(智慧)를 증득(證得)하고,
무상(無上) 무변제(無邊際)의 성품에 들었어도,
이 증득(證得)의 지혜(智慧)가 상(相)이 없어,
증득(證得)한 지혜(智慧)가 없고,

이 증득(證得)한, 무변제(無邊際)의 성품이 또한,
본래(本來)의 성품이니,
증득(證得)한 얻음이 없음이네.

이(是),
지혜(智慧)와 무상(無上)의 성품을
얻었으나, 얻음의 상(相)이 없어, 얻음이 없는,
이(是), 지혜(智慧)와 성품은,
본래(本來) 충만(充滿)하고, 원만(圓滿)한,
본래(本來) 본성(本性)의 청정지혜(淸淨智慧)이며,
본래(本來) 충만(充滿)하고, 원만(圓滿)한,
본래(本來) 본성(本性)의 무변청정(無邊淸淨)
성품이기 때문이네.

이(是)는,
지혜(智慧)로 증득(證得)하여 얻은,
청정무상(淸淨無上)의 구경열반성(究竟涅槃性)과

아뇩다라삼먁삼보리(阿耨多羅三邈三菩提)가,
본래(本來), 상(相)이 없고 충만(充滿)한,
본연(本然), 본성(本性)의 청정(清淨)성품이기
때문이네.

이무소득고(以無所得故)

이무소득고(以無所得故)는,
소득(所得)이 없는 연고(緣故)이네.

소득(所得)이 없는, 연고(緣故)란,
일체상(一切相)이 본래(本來), 실체(實體)가 없어,
일체상(一切相)이 공(空)함을 깨닫고,
일체상(一切相)이 없는, 청정(淸淨)지혜에 들며,
식멸처(識滅處)인 구경열반(究竟涅槃)에 이르고,
무상(無上) 불지혜(佛智慧)인
아뇩다라삼먁삼보리(阿耨多羅三邈三菩提)에 듦의
이 일체(一切)가, 무소득(無所得)의 세계이니,

이는, 본래(本來),
실체(實體)가 없고, 상(相)이 없으며,
또한, 본래(本來)의 성품이니,
이를, 증득(證得)하여 얻을 바와

또한, 증득(證得)하여 얻은 바가, 없는 까닭이네.

이는, 곧,
본래(本來) 성품이며,
본래(本來) 지혜(智慧)이기 때문이며,
또한,
본래(本來) 공(空)한 성품이며,
본래(本來) 공(空)한 지혜(智慧)이기 때문이네.

상(相) 없는,
공(空)한 성품, 청정지혜(淸淨智慧)는,
일체상(一切相)과 일체법(一切法)을 벗어났으므로,
얻을 바와 얻은 바가 없는
성품과 지혜이니,

이는,
무상청정(無相淸淨), 본연(本然)의 성품으로,
이(是), 청정법계(淸淨法界)에 들어 있음이
삼세(三世)의 제불(諸佛)이네.

그러므로,
삼세(三世), 제불(諸佛)은,

상(相)과 지혜(智慧), 무엇에도 걸림이 없어,
무변청정(無邊淸淨) 무상심(無相心)이며,
공(空)과 지혜(智慧), 무엇에도 의지함이 없어
일체(一切) 지혜상(智慧相)이 없는, 무상(無相),
무변청정심(無邊淸淨心)이네.

이(是), 불지혜(佛智慧)에 의지해,
일체중생(一切衆生)이
생멸(生滅) 없는 구경열반(究竟涅槃)에 들고,
일체상(一切相)과 일체지혜(一切智慧)를 벗어버린
위 없는, 깨달음의 무상청정지혜(無上淸淨智慧)인
아뇩다라삼먁삼보리(阿耨多羅三邈三菩提)를
성취(成就)함이네.

이(是),
무소득(無所得)이,
무소득(無所得)인 까닭은,
본래(本來), 공(空)한 성품이니 얻을 바가 없고,
또한,
본래(本來), 성품이니, 얻을 바의 성품이 없어,
얻지 못함이니,

이(是),

얻을 것 없는, 본래(本來) 공(空)한 성품과

얻을 것 없는, 본래(本來) 성품이

곧, 불지혜(佛智慧)의 청정성품이며,

마하반야(摩訶般若), 무변제(無邊際)의 성품이며,

생멸(生滅) 없는, 구경열반(究竟涅槃)과

아뇩다라삼먁삼보리(阿耨多羅三邈三菩提)의

성품이네.

이(是)는,

상(相) 없는, 무한(無限) 무변제심(無邊際心)인

무변삼세(無邊三世) 제불심(諸佛心)이며

무변삼세(無邊三世) 제불법(諸佛法)이며

무변삼세(無邊三世) 제불지(諸佛智)이네.

이것이,

곧, 마하반야바라밀다도(摩訶般若波羅蜜多道)이며

곧, 마하반야바라밀다심(摩訶般若波羅蜜多心)이며

곧, 마하반야바라밀다지(摩訶般若波羅蜜多智)이네.

이(是), 일체(一切),

법(法)과 심(心)과 지혜가, 실체(實體)가 없고,

또한, 본래(本來)의 청정성품이니,

그 무엇이든, 의지하거나 머물 곳인

상(相)과 법(法)과 심(心)과 지혜의 일체(一切)가,

상(相)이 없어,

일체(一切), 청정(淸淨) 무변제(無邊際)의 성품인

마하반야심(摩訶般若心)이며

바라밀다심(波羅蜜多心)이며

마하반야바라밀다심(摩訶般若波羅蜜多心)의

경(經)이네.

보리살타(菩提薩埵)

보리살타(菩提薩埵)는,
보리도(菩提道)에 든, 수행자(修行者)이네.

보리도(菩提道)는,
곧, 반야바라밀다(般若波羅蜜多)의 도(道)이네.

보리도(菩提道)인
반야바라밀다(般若波羅蜜多)의 도(道)는,
오온개공(五蘊皆空)의 도(道)이며
제법공상(諸法空相)의 도(道)이며
청정공성(淸淨空性)의 도(道)이네.

그러므로,
공성지혜(空性智慧)의 보리도(菩提道)는
오온개공(五蘊皆空)의 보살도(菩薩道)이며

제법공상(諸法空相)의 반야행(般若行)이네.

그러므로,
보리살타(菩提薩埵)의 보리도(菩提道)는,
무변(無邊) 공성지혜(空性智慧)인
반야바라밀다(般若波羅蜜多)의 도(道)이므로,

반야심경(般若心經), 또한,
무상(無相), 무변(無邊) 공성지혜(空性智慧)인
보리살타(菩提薩埵)의 보리도(菩提道)이네.

보리살타(菩提薩埵)는,
마하반야바라밀다(摩訶般若波羅蜜多)의
무변공성지혜(無邊空性智慧)의 행(行)에 든,
수행자(修行者)이네.

이(是),
보리살타(菩提薩埵)는,
불각(佛覺)인, 완전(完全)한 지혜의 깨달음
아뇩다라삼먁삼보리(阿耨多羅三邈三菩提)의
성취(成就)를 위해,

무변공성(無邊空性)의 무상지혜(無相智慧)에 든
반야행(般若行)의 수행자(修行者)이네.

이(是),
보리살타(菩提薩埵)는,
반야바라밀다심(般若波羅蜜多心)에 의(依)한
반야지혜(般若智慧), 무변청정심(無邊淸淨心)의
지혜행자(智慧行者)이네.

의반야바라밀다
(依般若波羅密多)

의반야바라밀다(依般若波羅密多)는,
반야바라밀다(般若波羅密多)에 의(依)함이네.

이는,
보리살타(菩提薩埵)가,
오온개공(五蘊皆空)이며, 제법공상(諸法空相)인
청정반야공성지혜(清淨般若空性智慧)의 세계,
반야바라밀다(般若波羅密多)의 행(行)에
의지(依支)함이네.

반야(般若)는,
상(相)이 없는 무상지(無相智)이며,
상(相)의 실상지(實相智)이며
공(空)한 공성지(空性智)이며

아(我) 없는, 청정무아지(淸淨無我智)이네.

이(是)는,
오온개공지(五蘊皆空智)이며,
제법공상지(諸法空相智)이네.

바라밀다(波羅蜜多)는,
바라밀(波羅蜜)이니,
이는, 반야지(般若智)의 완성지(完成智)이며,
반야심(般若心)의 완성심(完成心)이며,
완전(完全)한, 무변지혜(無邊智慧)의 성품
아뇩다라삼먁삼보리(阿耨多羅三邈三菩提)인
본래(本來), 본성(本性)의 성품이네.

이(是),
반야바라밀다(般若波羅密多)에 의(依)함이란,
오온(五蘊)이 공(空)한, 성품에 의(依)함이
의반야바라밀다(依般若波羅密多)이며,

제법(諸法)이 공(空)한, 청정성품에 의(依)함이
의반야바라밀다(依般若波羅密多)이며,

나 없는 청정무아지(清淨無我智)에 의(依)함이
의반야바라밀다(依般若波羅密多)이며,

상(相) 없는 무상심(無相心)에 의(依)함이
의반야바라밀다(依般若波羅密多)이며,

불생불멸(不生不滅)의 청정성품에 의(依)함이
의반야바라밀다(依般若波羅密多)이며,

색성향미촉법(色聲香味觸法)이 공(空)한,
청정실상(清淨實相)의 성품에 의(依)함이
의반야바라밀다(依般若波羅密多)이네.

이(是)는,
나 없고, 상(相) 없는 공(空)한 성품인,
무상(無相) 무변제(無邊際)
무한(無限) 무변제(無邊際)
실상(實相) 무변제(無邊際)의 성품으로,
무변(無邊) 청정성품의 무상지혜(無相智慧)에
의(依)함임을, 일컬음이네.

고심무가애(故心無罣碍)

고심무가애(故心無罣碍)는,
그러므로, 마음이 걸림의 장애(障碍)가 없음이네.

이는,
보리살타(菩提薩埵)가,
오온개공(五蘊皆空)인, 시제법공상(是諸法空相)의
청정반야공성지혜(清淨般若空性智慧)의 세계,
반야바라밀다(般若波羅密多)에 의(依)해,

그러므로,
무명(無明)과 미혹(迷惑)의 일체상(一切相)에
걸림의 장애(障碍)가 없음이네.

이는,
일체상(一切相)이 공(空)한,
청정실상(清淨實相)의 지혜(智慧)에 의(依)해,

실체(實體) 없는, 일체(一切) 상(相)의 환(幻)인
색성향미촉(色聲香味觸)의 색(色)과
수상행식(受想行識)의 심식(心識)과
생사생멸심(生死生滅心)인 일체고액(一切苦厄)에
걸림이 없음이네.

이(是),
마음이 걸림이 없음에는,
공(空)한 실상(實相)의 지혜(智慧)인
반야(般若)의 청정성품에 의(依)함이네.

이는,
일체상(一切相)의 실상청정지혜(實相淸淨智慧)로
마음이, 일체상(一切相)에 걸림이 없음이네.

이는,
일체상(一切相)의 성품이 실체(實體)가 없는
청정환(淸淨幻)임을 깨달은
청정지혜(淸淨智慧)로,
실체(實體)가 없는 상(相)의 환(幻)을 좇는,
미혹(迷惑)의 환심(幻心)이 사라지므로,

일체상(一切相)이 없는
무변실상(無邊實相)의 청정성품(淸淨性品),
무변청정지혜(無邊淸淨智慧)의 성품에 듦이니,
이는, 일체상(一切相)에 걸림 없는
마하반야(摩訶般若)의 지혜(智慧)이네.

이는,
오온개공지(五蘊皆空智)로 상(相)이 없어,
환(幻)을 좇는 환심(幻心)이 없는
무상(無相), 청정성품의 지혜(智慧)로,
마하반야심(摩訶般若心)인
무변제(無邊際)의 청정지혜심(淸淨智慧心)을
일컬음이네.

이(是), 지혜심(智慧心)은,
일체(一切) 오온(五蘊)이 공(空)한
청정공심(淸淨空心)이며,

나 없고,
상(相) 없는,
무상(無相), 무한(無限) 무변제심(無邊際心)인,
일체청정(一切淸淨) 무상심(無相心)이네.

무가애고(無罣碍故)

무가애고(無罣碍故)는,
걸림의 장애(障碍)가 없는 까닭이네.

이는,
보리살타(菩提薩埵)가,
오온개공(五蘊皆空)인 시제법공상(是諸法空相)의
청정반야공성지혜(淸淨般若空性智慧)의 세계,
반야바라밀다(般若波羅密多)에 의(依)해,
무명(無明)과 미혹(迷惑)의 일체상(一切相)에
걸림의 장애(障碍)가 없는 까닭이네.

마음이,
걸림의 장애(障碍)가 없는 까닭은,
오온(五蘊)의 일체상(一切相)이
실체(實體)가 없는 공성(空性)임을 깨달아,

일체상(一切相)의 환(幻)을 좇는
환심(幻心)이 사라져,

본래(本來),
본성(本性)의 청정성품(淸淨性品)인
마하반야지(摩訶般若智)에 의해,
일체상(一切相)의 환(幻)을 좇는 환심(幻心)이
없기 때문이네.

환(幻)이란,
공성(空性)이 인연(因緣)을 따라 흐르는,
실체(實體) 없는 시(時)의
무자성(無自性) 인연상(因緣相)이 잠시,
나타나니,
이것이, 실체 없는 공성(空性)의 환(幻)이며,
곧, 무자성(無自性)이니, 공(空)한 상(相)이므로,
그 모습 실체(實體) 없는 환(幻)이네.

이(是),
환(幻)의 모습이,
공성(空性)의 흐름인 인연(因緣)을 따라,
그 모습, 홀연히 잠시, 나타나도,

그 성품이, 실체(實體) 없는 공성(空性)이니,
그 모습의 생(生)이, 생(生)이 아닌 환(幻)이며,
본래(本來) 머묾 없고, 실체 없는 모습이니,
그 모습이 금세, 홀연히 사라져도,
이 또한, 멸(滅)이 아니네.

이(是),
일체상(一切相)이,
실체(實體)가 없는 공성(空性)이니,
공성(空性), 흐름의 인연(因緣)을 따라
잠시, 홀연히 그 모습이 나타나도,
그 자체가 무자성(無自性)이며, 공성(空性)인
실체(實體) 없는 환(幻)의 모습이니,
그 생(生)이, 생(生)이 아니며,
그 모습이 사라져도
그 또한, 멸(滅)이, 멸(滅)이 아니네.

이(是), 환(幻)의 모습,
그 성품이, 본래(本來) 머묾 없는,
공성(空性)의 인연(因緣) 따라 잠시, 나타난,
실체(實體) 없는, 공(空)한 환(幻)의 상(相)이니,
잠시 나타난 그 모습이, 실체(實體)가 없고,

그 모습 또한, 사라져도, 실체 없는 멸(滅)이네.

이(是),
공성(空性)이 인연(因緣)을 따라,
머묾 없이 흐르는 시(時)의 흐름 속에
홀연히, 잠시 나타난 그 모습이,
곧, 실체(實體) 없는 공성(空性)의 환(幻)이며,
무자성(無自性) 흐름의 실체(實體) 없는 모습이니,

눈으로,
귀로
코로
혀로
몸으로
의식(意識)으로 인식하는, 그 일체 상(相)이,
실체(實體) 없는 공성(空性)이며,
그 성품이 무자성(無自性)으로, 실체(實體) 없는
환(幻)이네.

그 모습,
머묾 없고, 실체(實體) 없는 환(幻)이므로,

홀연히 나타나도, 실체 없는 공(空)한 모습이니,
그 모습 잠시 나타나도, 생(生)이 아니며,

또한, 그 모습,
홀연히 흔적 없이 사라져도,
그 모습, 본래(本來) 실체 없는 환(幻)이므로,
그 모습, 사라져 흔적이 없어도,
그 멸(滅)이, 멸(滅)이 아니네.

이(是), 실체(實體) 없는,
환(幻)을 좇는 환심(幻心)이 사라져,
본래(本來), 청정(淸淨)한 본성(本性)의 성품이면,
공성(空性)의 흐름인 시(時)의 인연(因緣)을 따라
환(幻) 꽃이, 시방(十方)에 어지러이 피었어도,

본래(本來),
뿌리 없는 공성(空性)의 환(幻)이니,
일체상(一切相), 환(幻) 꽃이 만발하여 피었어도,
본래 본심(本心)은, 청정공성(淸淨空性)이어서,
그 환(幻)의 모습에 머물거나, 물듦이 없으므로,
본래(本來), 청정(淸淨)한 그 마음 성품,
물듦 없는 그 모습, 그대로이네.

만약,

일체상(一切相)의 환(幻)을 벗어나,

걸림 없는, 청정한 공(空)한 성품에 머무른

마음이 있어도,

그 마음은, 일체(一切) 환(幻)에 물듦 없는,

본래(本來), 청정한 본연(本然)의 성품이 아님은,

공(空)한, 청정상(淸淨相)에 머무른 그 마음,

또한,

환공(幻空)에 의지(依支)한 상심(相心)이며,

공(空)에 머문[住] 공견상(空見相)이며,

공(空)을 좇는 환심(幻心)이기 때문이네.

이는,

상(相)에 머묾도 환심(幻心)이며,

공(空)에 머묾도 또한, 환심(幻心)이니,

상(相)에 머묾의 환심(幻心)은,

유무생멸(有無生滅)의 상심상견(相心相見)이며,

공(空)에 머묾의 환심(幻心)은,

상견(相見)을 타파(打破)한 식견(識見)인

지혜상(智慧相)으로,

공견(空見)에 머묾의 지혜상심(智慧相心)인

공상공견심(空相空見心)이네.

그러므로,
이, 또한, 아(我)의 상(相)과 견(見)을
완전히 벗어나지 못한,
깨달음 아상(我相)이며, 깨달음 식견(識見)인,
아(我)의 상심상견(相心相見)이며
아(我)의 공심공견(空心空見)이네.

그러므로,
상(相)에 머묾도, 공성(空性)의 지혜로 벗어나고,
공(空)에 머묾의 지혜상(智慧相)도,
공성(空性)을 초월한 무상평등지(無上平等智)이며,
완연(完然)한 본연(本然), 무득지(無得智)인,
본연본성(本然本性)의
무상청정지혜(無相淸淨智慧)로, 벗어나야 함이네.

상(相)이,
공(空)함을 깨달음은,
깨달음으로, 상(相)이 타파(打破)되어,
상견(相見)이 멸(滅)한, 상멸식공(相滅識空)이며,

공(空)이,
또한, 공(空)함을 깨달음은,
깨달음으로, 상(相)이 타파(打破)되어,

상견(相見)이 멸(滅)한, 상멸식공심(相滅識空心)을
또한, 타파(打破)하여, 초월(超越)하므로,
깨달음 지혜상(智慧相)인,
공견공심상(空見空心相)도 멸(滅)하여,
무생청정본연심(無生淸淨本然心)에 들기
때문이네.

이(是),
상견상심(相見相心)의 일체(一切)와
공견공심(空見空心)의 일체지혜상(一切智慧相)인,
이(是), 일체상(一切相)이,
실체(實體) 없는 환몽(幻夢)이며,
그 성품 또한, 실상(實相)이 공성(空性)이니,
청정본성(淸淨本性)은,
일체 상(相)과 지혜(智慧), 일체(一切) 환(幻)에
물들거나, 젖지 않으므로,
그 청정본성(淸淨本性)의 부사의(不思議)에 들어,
상견상심(相見相心)의 일체(一切)와
공견공심(空見空心)의 일체지혜상(一切智慧相)인
환(幻) 꽃에 물듦이나, 걸림이 없음이네.

이(是),

무가애고(無罣碍故)는,
마음을 닦아, 청정심(淸淨心)에 들어
그 마음 청정심(淸淨心)으로
걸림 없음이, 아니라,

이(是),
마하반야(摩訶般若)가,
곧, 본래(本來) 본성(本性)이니,
본래(本來), 본성(本性)이 청정(淸淨)하여
무엇에도 물듦 없고, 걸림 없는 성품이므로,
상(相)과 지혜(智慧)의 일체상(一切相),
환(幻) 꽃이,
상하좌우(上下左右) 시방심천(十方心天)에,
어지러이 피었어도,
본래(本來) 본성(本性)은, 무엇에도 물듦 없고,
걸림이 없어,
일체(一切) 장애(障碍) 없는 청정성품이네.

이는,
본래(本來), 본성(本性)이 청정(淸淨)한
물듦 없는 성품인, 까닭이네.

무유공포(無有恐怖)

무유공포(無有恐怖)는,
두려움과 공포심(恐怖心)이 없음이네.

이는,
보리살타(菩提薩埵)가,
오온개공(五蘊皆空)인 시제법공상(是諸法空相)의
청정반야공성지혜(淸淨般若空性智慧)의 세계,
반야바라밀다(般若波羅密多)에 의(依)해
무명(無明)과 미혹(迷惑)에 의한,
일체(一切) 두려움과 공포심(恐怖心)이
없음이네.

두려움과 공포심(恐怖心)은,
일상사(日常事)에도, 상황(狀況)에 따라,
또는, 경계심(境界心)에 따라,

이러저러한 두려움과 공포심(恐怖心)이, 있겠으나,

무유공포(無有恐怖)의
두려움과 공포심(恐怖心)은,
오온심(五蘊心)인 일체고(一切苦)의 세계,
일상사(日常事)의 공포심(恐怖心)뿐만 아니라,
미혹(迷惑)과 생사(生死)에 얽매인
심신(心身)의 일체(一切) 공포심(恐怖心)이네.

두려움과 공포심(恐怖心)은,
해결(解決)할 수 있고,
극복(克服)할 수 있는 것에는,
극복(克服)의 용기(勇氣)가 필요할 뿐이나,

해결(解決)할 수 없고,
극복(克服)할 수 없는 것에는,
두려움과 공포심(恐怖心)이 일어날 수 있음이네.

이(是),
생사고해(生死苦海)를 벗을 수 없는,
심신(心身)의 일체(一切) 상황(狀況)은,

그 어떤, 용기(勇氣)로도
어떻게 할 수 없는, 상황(狀況)의 것이니,

누구나,
맞닿은, 이(是) 상황(狀況) 앞에,
두려움과 공포심(恐怖心)이 있을 수가 있음이네.

생사(生死)에 얽매인,
심신(心身)의 일체(一切) 공포심(恐怖心),
이(是), 또한,
일체상(一切相), 환(幻)에 얽매인 환심(幻心)이니,

일체상(一切相)이,
실체(實體) 없는 환(幻)임을 깨달아,
생사(生死) 없는, 자기(自己)의 참 실체(實體)인,
일체상(一切相), 환(幻)에 걸림 없는,
본성(本性)을 깨달으면,

생사(生死)에 대한
심신(心身)의 일체, 두려움과 공포심(恐怖心)을,
벗어날 수 있음이네.

이(是),
삶의 일상(日常)에 대한, 일체고(一切苦)의
두려움과 공포심(恐怖心)도, 있겠으나,
삶과 죽음, 생(生)과 사(死)에 얽매인,
심신(心身)의 일체, 두려움과 공포심(恐怖心)은,
삶의 현상(現象), 생로병사(生老病死)의 일이니,
단지, 용기(勇氣)만으로,
해결(解決)할 수 있는 것이 아니네.

그러므로, 단지,
생사(生死) 없는, 청정본성(清淨本性)을 깨닫는,
그 지혜(智慧)를 통해서만이
해결(解決)할 수 있는, 유일(唯一)한 길이네.

그 길이,
곧, 반야바라밀다(般若波羅蜜多)의 도(道)이니,
마하반야(摩訶般若)에 의지해,
조견오온개공(照見五蘊皆空)의 지혜(智慧)에 들어,
시제법공상(是諸法空相)임을 여실(如實)히 깨달아,
생사(生死)를 벗어난 지혜(智慧)인,
본연(本然)의 성품, 구경열반심(究竟涅槃心)과
아뇩다라삼먁삼보리(阿耨多羅三邈三菩提)에 듦이,

일체(一切) 두려움과 공포심을 벗어나는 길이네.

이(是), 길은,
불생불멸(不生不滅)의 깨달음 지혜를 열어,
마하반야(摩訶般若)의 불생불멸지(不生不滅智)인,
생사(生死) 없는, 바라밀다심(波羅蜜多心)으로,
본래 본성(本性)의 불지혜(佛智慧)인,
본래 본연(本然)의 각성광명(覺性光明)에 듦으로,
생사(生死) 없는, 완연(完然)한 지혜(智慧)인,
무엇에도 물듦 없는, 자기 본래(本來)의 참 성품,
무한광명(無限光明) 밝음의 길이며,
무한광명(無限光明) 지혜(智慧)의 삶이네.

이(是),
무유공포(無有恐怖)의
두려움과 공포심(恐怖心)이 없음은,
곧, 마하반야(摩訶般若)의 불지혜(佛智慧)인,
불생불멸지(不生不滅智)이니,

이는,
일체상(一切相)의 환(幻)에도 걸림 없는,
본래(本來) 물듦 없는 청정본성(淸淨本性)인,

생사(生死) 없는, 불생불멸심(不生不滅心)이며,
본성지혜(本性智慧)의 밝음이네.

원리전도몽상
(遠離顚倒夢想)

원리전도몽상(遠離顚倒夢想)은,
전도몽상(顚倒夢想)을, 멀리 벗어남이네.

이는,
보리살타(菩提薩埵)가,
일체상(一切相)이 오온개공(五蘊皆空)이며,
시제법공상(是諸法空相)인,
청정반야공성지혜(淸淨般若空性智慧)
반야바라밀다(般若波羅密多)에 의(依)해,
무명(無明)과 미혹(迷惑)의, 상심상견(相心相見)의
일체(一切), 전도몽상(顚倒夢想)을
멀리, 벗어남이네.

전도몽상(顚倒夢想)이란,
일체상(一切相)이 공(空)한 실상(實相)과

일체(一切), 무명심식(無明心識)을 초월한 성품인,
자기의 청정본성(淸淨本性)을 모르는
일체 미혹(迷惑)의 잘못된 상심상견(相心相見)인,
봄[見]과 인식(認識)이네.

이는,
상(相)의 실상(實相)을 깨닫지 못해,
실체(實體)가 없는 환(幻)의 일체상(一切相)을,
실체(實體)가 있는 상(相)으로 인식(認識)함이며,
또한, 일체상(一切相)에 이끌린 미혹(迷惑)으로,
일체 분별(分別)의 오온심(五蘊心)에 얽매인
일체(一切), 심식(心識)의 장애(障礙)로,
자기의 본성(本性)을 보지 못하는
잘못된 견해(見解)이네.

그러므로,
전도몽상(顚倒夢想)이란,
실체(實體) 없는 환(幻)의 상(相)을,
실체(實體) 있는 상(相)으로 잘못 봄이며,
또한,
일체상(一切相)의 환(幻)을 좇는 환심(幻心)으로,
일체(一切) 분별심(分別心)인 식심(識心)을,
자기(自己)로, 잘못 알고 있음이네.

이(是),
전도몽상(顚倒夢想)은,
실체(實體) 없는 환(幻)의 모습을,
실체(實體) 있는 상(相)으로 인식(認識)하여,
실체(實體) 없는 환(幻)을 좇는,
환심(幻心)을 일으킴이 전도몽상(顚倒夢想)이며,
또한, 일체상(一切相)의 환(幻)을 좇는,
일체(一切), 분별심(分別心)인,
상심상견(相心相見)의 오온심(五蘊心)을,
자기로, 잘못 알고 있는, 일체 견해(見解)이네.

그러므로,
전도몽상(顚倒夢想)은,
곧, 무명심(無明心)에 의한 분별의 상심(相心)과
상견(相見)의 일체(一切)이네.

이(是), 전도몽상(顚倒夢想)은,
실체(實體) 없는 환(幻)을
실체(實體) 있는 상(相)으로 잘못 보고
환(幻)을 좇는, 환심(幻心)을 일으키며,

이(是), 실체(實體) 없는 일체상(一切相),

환(幻)을 집착해 얽매인 환심(幻心)이,
곧, 상(相)을 취사(取捨)하는 탐착(貪着)이며,
이 인연으로, 생사(生死)에 얽매인 일체(一切)가,
환(幻)을 좇아, 환(幻)에 얽매인,
무명심(無明心), 전도몽상(顚倒夢想)의 모습이네.

이(是),
전도몽상(顚倒夢想)을 벗어남이,
환(幻)을 좇는, 환심(幻心)이 없음이네.

이는,
상(相)을 두고, 상(相)을 벗어남이 아니며,
또한, 환(幻)을 두고, 환(幻)을 벗어남이 아니라,
일체상(一切相)이 실체(實體)가 없어,
일체 상(相)의 환(幻)에 얽매임을 벗어남이네.

이는,
일체상(一切相)이, 실체(實體) 없는 환(幻)이니,
환(幻)의 실체(實體)를 밝게 깨달아,
환(幻)의 실상(實相)이, 실체(實體)가 없는
공성(空性)임을 밝게 깨달음으로,
환(幻)을 좇는, 환심(幻心)이 소멸함이네.

이(是),
전도몽상(顚倒夢想)은,
일체상(一切相)이, 실체(實體)의 상(相)으로 앎이,
곧, 전도몽상(顚倒夢想)이며,

또한,
실체(實體) 없는,
일체상(一切相)을 집착(執着)하여 좇는,
그 환심(幻心)이 일어나, 환(幻)에 얽매임이
또한, 전도몽상(顚倒夢想)이네.

이는,
일체상(一切相)의 실상(實相)과
자기의 본성(本性)을 모르는 미혹때문이네.

이(是),
전도몽상(顚倒夢想)은,
청정본성(淸淨本性)을 벗어나,
일체상(一切相), 환(幻)을 좇는 환심(幻心)인,
일체(一切), 상(相)의 상념(想念)이네.

환(幻)을 좇는 환심(幻心)인,

일체상념(一切想念)이, 곧, 오온심(五蘊心)이니,

오온(五蘊)의 실체(實體)가 공성(空性)이므로,
오온(五蘊)의 실체(實體)인 공성(空性)을 깨달아,
오온상(五蘊相)과 오온심(五蘊心)이 없는,
본연(本然), 청정본심(淸淨本心)에 듦이,
원리전도몽상(遠離顚倒夢想)이네.

이는, 곧,
마하반야심(摩訶般若心)이며
조견오온심(照見五蘊心)이며
제법공상심(諸法空相心)이며
바라밀다심(波羅蜜多心)이며
구경열반심(究竟涅槃心)이며
아뇩다라삼먁삼보리심(阿耨多羅三邈三菩提心)
이네.

구경열반(究竟涅槃)

구경열반(究竟涅槃)은,
궁극(窮極)의 열반(涅槃)이네.

이는,
보리살타(菩提薩埵)가,
오온개공(五蘊皆空)인 시제법공상(是諸法空相)의,
청정반야공성지혜(淸淨般若空性智慧)의 세계,
반야바라밀다(般若波羅密多)에 의(依)해,
무명(無明)과 미혹의 일체, 생사윤회(生死輪廻)와
생멸(生滅)의 세계를 벗어나,
생사(生死)와 생멸(生滅)이 없는 심청정(心淸淨),
구경열반(究竟涅槃)에 듦이네.

일체(一切),
전도몽상(顚倒夢想)을 벗어남이 구경(究竟)이며,

일체상(一切相),
환(幻)을 좇는, 환심(幻心)이 없어,
오온(五蘊)의 생멸심(生滅心)이 없음이,
열반(涅槃)이네.

구경(究竟)이란,
무명심(無明心)이 다하였음이, 구경(究竟)이며,
그에 의해, 생멸심(生滅心)이 없음이,
열반(涅槃)이네.

구경(究竟)이란,
더 나아갈 곳 없음이 구경(究竟)이며,
생멸(生滅)이 다한 그 마음은, 생멸이 없어,
열반(涅槃)이네.

이(是),
구경열반(究竟涅槃)은,
보리살타(菩提薩埵)가, 반야지(般若智)로,
오온개공심(五蘊皆空心)에 들어,
환(幻)을 좇는 생멸심(生滅心)이 없어,
식멸처(識滅處)에 든, 식멸심(識滅心)인,

적정열반(寂靜涅槃)이 구경심(究竟心)이네.

구경열반(究竟涅槃)에 들려면,
환(幻)을 좇는 환심(幻心)인,
오온심(五蘊心)이 없어야 하네.

오온심(五蘊心)이 없음이,
생멸심(生滅心)이 없음이니,
일체(一切) 생멸심(生滅心)이,
곧, 일체상(一切相)을 좇는, 오온심(五蘊心)이며,
오온심(五蘊心)이 없는 구경(究竟)이 곧,
생멸심(生滅心)이 다한, 구경열반(究竟涅槃)이네.

구경열반(究竟涅槃)은,
곧, 오온(五蘊)의 생멸심(生滅心)이, 다함이며,
아뇩다라삼먁삼보리(阿耨多羅三邈三菩提)는,
본래(本來), 본성(本性)의 밝음인,
삼세제불지(三世諸佛智)이네.

보리살타(菩提薩埵)가,
의반야바라밀다(依般若波羅密多)하여,
구경열반(究竟涅槃)에 듦과

삼세제불(三世諸佛)이,
의반야바라밀다(依般若波羅密多)하여,
아뇩다라삼먁삼보리(阿㝹多羅三邈三菩提)에 듦이,
다름은,

보리살타(菩提薩埵)는,
의반야바라밀다(依般若波羅密多)하여,
환(幻)을 좇는 오온심(五蘊心)인
생멸심(生滅心)이 멸(滅)한, 식멸처(識滅處)인
구경열반(究竟涅槃)에 듦이며,

삼세제불(三世諸佛)은,
의반야바라밀다(依般若波羅密多)하여,
본성각명(本性覺明)인 본각(本覺)의 밝음이니,

보리살타(菩提薩埵)와 삼세제불(三世諸佛)이,
의반야바라밀다(依般若波羅密多)하여도,
반야지혜(般若智慧)의 성품 깊이가,
차별(差別)이 있기 때문이네.

보리살타(菩提薩埵)가,
또한, 의반야바라밀다(依般若波羅密多)로,

식멸처(識滅處)인
구경열반(究竟涅槃)도 벗어나면,

삼세제불(三世諸佛)이, 불각(佛覺)을 성취한,
의반야바라밀다(依般若波羅密多)에 의한
무상각명처(無上覺明處),
본성각명(本性覺明)이며, 본각(本覺)인,
아뇩다라삼먁삼보리(阿耨多羅三邈三菩提)를,
성취하네.

삼세제불(三世諸佛)

삼세제불(三世諸佛)은,
과거세(過去世), 현제세(現在世), 미래세(未來世),
삼세(三世)의 모든 부처님이네.

삼세제불(三世諸佛)이,
삼세제불지(三世諸佛智)에 이른 것에는,

그 불지혜(佛智慧)가,
무엇에 의지(依支)하였거나
무엇을 이룩하여 성취(成就)하였거나
무엇을 깨달아 증득(證得)함이 있는
얻음과 성취의 증득지혜(證得智慧)가 아닌,

본래(本來),
본성(本性)의 청정(淸淨)성품인,
아뇩다라삼먁삼보리(阿耨多羅三邈三菩提)의 성품,

각성각명(覺性覺明)의 지혜(智慧)이기
때문이네.

불(佛)의 성취는,
무엇에 의(依)함이 아니라,
무엇에도 의(依)함 없는, 본성(本性)의 밝은 성품,
때문이네.

불(佛)의 성취(成就)가 이러함은,
무엇을 증득(證得)하여, 불(佛)이 됨이 아니기
때문이네.

불(佛)의 성취(成就)는,
무엇에도 물듦 없고, 무엇을 좇음도 없으며,
무엇에도 의지함이 없는, 본연(本然)의
청정(淸淨)성품, 각성(覺性)의 밝음 때문이니,
이 본연(本然)의 성품이, 곧,
아뇩다라삼먁삼보리(阿耨多羅三邈三菩提)이며,
이(是), 본연(本然) 성품의 각성(覺性)에 듦으로,
불(佛)이라 하네.

보리살타(菩提薩埵)가,
의반야바라밀다(依般若波羅密多)하는 것은,
무엇을 구(求)함이 아니라,
본래 물듦 없는, 청정본성(淸淨本性)에 듦이니,

이는,
일체상(一切相)에 물듦 없는, 본연(本然)의 성품,
무상무아(無相無我)의 청정공심(淸淨空心)에
듦이,
의반야바라밀다(依般若波羅密多)의 행(行)이네.

의반야바라밀다(依般若波羅密多)는,
일체상(一切相)이 공(空)한 성품의 행(行)이며,
그 공성(空性)의 깊은 지혜(智慧)에 듦이,
곧, 마하반야바라밀다행(摩訶般若波羅蜜多行)이네.

이(是),
실체(實體) 없는,
공성(空性)의 도(道)인,
의반야바라밀다(依般若波羅密多)에 의지함이,
곧, 본래(本來), 본연(本然)의 공성(空性) 성품에,
의지(依支)함이네.

이(是),
상(相) 없는,
마음과 지혜의 행(行)이 반야행(般若行)이므로,
반야바라밀다(般若波羅密多)에 의지(依支)함은,
상(相) 없는, 본연(本然)의 성품,
무상청정법(無相淸淨法)인 무상심(無相心)이므로,
이는, 머물 수 있는 상(相)의 법(法)이 아니네.

이(是),
공성(空性)의 도(道)인,
반야바라밀다(般若波羅密多)의 행(行)은,
상(相) 없는, 무상법(無相法)이며,
본성(本性)이 공(空)한, 청정심행(淸淨心行)이므로,
의지(依支)할 곳이 없고
의지(依支)한 마음도 없고
의지(依支)한 법(法)도 없고
의지(依支)한 지혜(智慧)도 없음이니,

이것이,
본연공성(本然空性)의 수순행(隨順行)인,
공성(空性)의 지혜(智慧), 반야심(般若心)이네.

이(是), 법(法)은,

의지(依支)함이,
오온개공(五蘊皆空)의 공성(空性)이며,
청정본성(淸淨本性)의 무상(無相) 성품이니,
이 지혜(智慧)가, 무엇에도 의지함이 없으므로,
이것이 곧, 청정공성(淸淨空性)의 지혜(智慧)인,
의반야바라밀다행(依般若波羅密多行)이네.

이것은,
곧, 의지(依支)할,
의반야바라밀다(依般若波羅密多)의
법(法)이 있어,
의반야바라밀다(依般若波羅密多)가 아님이니,

이는, 곧,
일체상(一切相), 일체법(一切法), 일체심(一切心),
그 무엇에도 의지함이 없고,
또한, 의지할 것 없는 청정심(淸淨心)이니,
일체, 상(相)과 법(法)과 심(心)에 머무름 없는
무상(無相), 무한(無限) 무변제심(無邊際心)으로,
본래(本來), 본연(本然)의 청정성품을 수순함이
의반야바라밀다행(依般若波羅密多行)이네.

이(是),
의반야바라밀다(依般若波羅密多)는,
일체행(一切行)이 오온개공심(五蘊皆空心)인,
공성(空性)의 지혜(智慧)이니,
공성(空性)은, 무상(無相) 무변제심(無邊際心)이라,
그 성품이 마하(摩訶)이며,
이 지혜(智慧)가 곧, 마하반야(摩訶般若)이네.

마하반야(摩訶般若)는 상(相)이 없어,
상(相)과 지혜(智慧), 그 무엇에도 걸림이 없고,
물듦 없는 무한(無限) 청정(淸淨)
무변제심(無邊際心)이네.

이(是), 공(空)한,
무한(無限) 청정, 무변제심(無邊際心)을 일러,
마하심(摩訶心)이라 하며,

이(是), 공성(空性),
무한(無限) 무변제심(無邊際心)의
청정지혜(淸淨智慧)이므로
곧, 마하반야지(摩訶般若智)라고 하네.

이(是),

반야바라밀다(般若波羅密多)는,

공성(空性)의 무상청정지(無相淸淨智)이며,

공성(空性)의 무상청정심(無相淸淨心)이니,

의반야바라밀다(依般若波羅密多)는,

곧, 무상청정지(無相淸淨智)에 의(依)함이며,

무상청정심(無相淸淨心)에 의(依)함이니,

이를 일컬어, 의지(依支)라 하여도,

그 의지(依支)가 곧, 일체상(一切相)이 없는,

오온개공(五蘊皆空)의 청정공성(淸淨空性)이니,

이는, 상(相)이 없어,

말과 글로,

이끌어, 의지(依支)라 하여도,

그 성품이 상(相)이 없고, 그 실체가 없으니,

의반야(依般若)의 성품은,

법(法)과 지혜, 그 무엇에도 의지한 곳이 없어,

일체상(一切相)과 일체법(一切法)에 머묾 없는,

무상청정성품(無相淸淨性品)이네.

이(是), 상(相) 없는 청정성품,

이 마음과 지혜(智慧)가,

그 무엇에도, 의지(依支)함이 없어,
심청정(心淸淨), 무상무한(無相無限)이며,
무변청정제(無邊淸淨際)이니,

상(相)과 지혜, 그 무엇에도,
의지(依支)함이 없어,
무상청정(無相淸淨) 공심공행(空心空行)이며,
무상청정(無相淸淨) 무변성품행(無邊性品行)이며,
본연수순청정행(本然隨順淸淨行)이니,
일러,
의반야바라밀다(依般若波羅密多)라 하네.

그러므로,
이(是), 경설(經說)에,
의반야바라밀다(依般若波羅密多)라 하여도,
이(是), 법(法)은,
일체(一切), 상(相)과 법(法)을 벗어난 성품이니,
그 무엇 하나, 의지(依支)할 상(相)이나,
그 무엇 하나, 의지(依支)할 법(法)이 없는,
청정공성(淸淨空性), 무상무변제(無相無邊際)의
청정반야심(淸淨般若心)이네.

이(是), 반야바라밀다(般若波羅蜜多)는,
의지(依支)의 설(說)은, 있어나,
그 의지(依支)의 법(法)이 없고,
설(說)한 법(法)이, 상(相)이 없는 성품이며,
설(說)한 지혜(智慧)가, 상(相)이 없는 지혜이니,
의(依) 반야심(般若心)이,
상(相) 없는, 청정무변공심(淸淨無邊空心)이므로,
이(是), 법(法)이, 무상법(無相法)이며,
이(是), 설(說)이, 무상설(無相說)이네.

이(是)는,
법(法)이 없는, 법(法)을 설(說)하고,
상(相)이 없는, 법(法)을 설(說)함이니,

불가사의, 반야바라밀다(般若波羅蜜多)의
법(法)을 설(說)하였으나,
그 법(法)이, 청정공성(淸淨空性)이니,
그 법(法)과 상(相)이 없어,
이름하거나, 일컬을 법(法)과 상(相)이, 없네.

이를 일러,
공(空)이라 하여도, 그 실체(實體)가 없어,
설(說)한 법(法)이, 말과 글을 초월해 벗어나,

일체 분별(分別)과 사유(思惟)의 길이,
끊어졌으니,

설(說)한,
법(法)과 지혜(智慧)를, 사유(思惟)하고,
또는, 분별(分別)하는, 그 분별심(分別心)으로는,
이(是), 설(說)함의 뜻(義)을 헤아리며,
아무리, 깊이 유추(類推)하고, 골똘히 헤아려도,
헤아림의 그 자체가, 상(相)의 분별(分別)이며,
식(識)의 헤아림인 오온심(五蘊心)이니,

일체상(一切相), 언설(言說)을 벗어난
이(是),
불가사의 초월(超越), 불(佛)의 비밀심(秘密心)을,
알 수가, 없네.

설(說)한, 법(法)이,
일체상(一切相)을 벗어난,
오온개공(五蘊皆空)의 청정성품이며,
제법공상(諸法空相)의 청정지혜(清淨智慧)인
무지역무득지(無智亦無得智)의 설(說)이니,
일체 상(相)이 없는 무상설(無相說)이네.

만약,

삼세제불(三世諸佛)의 불지혜(佛智慧)에,

그 법(法)과 지혜(智慧)가 무슨 상(相)이 있다면,

그 지혜(智慧)는 불지혜(佛智慧)가 아니며,

그 법(法), 또한,

삼세제불(三世諸佛)의 법(法)이 아니네.

이(是),

삼세제불(三世諸佛)의 법(法)과 지혜(智慧)는,

일체(一切) 상(相)이 없는, 무상설(無相說)이므로,

설(說)함이 있어나, 그 법(法)이 상(相)이 없어,

일체법(一切法)과 일체설(一切說)이,

말과 글에 의지해, 그 실상(實相)을 드러낼 뿐,

설(說)함의 뜻(義)은, 말과 글을 벗어났으니,

일체설(一切說)의 뜻(義)은,

이름하고 일컬을, 말과 글의 상(相)을 여의었네.

이(是), 상(相) 없는,

본래청정(本來清淨), 물듦 없는 그 마음,

무변청정공심(無邊清淨空心)이,

삼세제불심(三世諸佛心)이며,

이(是), 상(相) 없는,
본래청정(本來淸淨) 그 무변지혜(無邊智慧)가,
삼세제불지(三世諸佛智)이네.

이것이,
마하반야(摩訶般若)의
바라밀다심(波羅蜜多心)이며,
바라밀다지(波羅蜜多智)이니,

이(是),
청정지혜심(淸淨智慧心)이,
곧, 본연(本然) 본성(本性)의 성품인,
아뇩다라삼먁삼보리(阿耨多羅三邈三菩提)이네.

의반야바라밀다
(依般若波羅密多)

의반야바라밀다(依般若波羅密多)는,
반야바라밀다(般若波羅密多)에, 의(依)함이네.

이는,
삼세제불(三世諸佛)이,
오온개공(五蘊皆空), 시제법공상(是諸法空相)인,
청정공성(淸淨空性)의 성품,
청정반야지혜(淸淨般若智慧)에 의한,
반야바라밀다(般若波羅密多)에 의(依)함이네.

반야바라밀다(般若波羅密多)인,
반야(般若)는, 상(相) 없는 무상지(無相智)이며,

바라밀다(波羅密多)는,
본래(本來) 본성(本性)으로,

반야(般若)의 청정본지(淸淨本智)이며,
반야지혜(般若智慧)의 본연본성(本然本性)이네.

이는,
본래(本來), 본성(本性)의 무상지(無相智)이므로,
이는, 곧,
아뇩다라삼먁삼보리(阿耨多羅三邈三菩提)이네.

보리살타(菩提薩埵)는,
의반야바라밀다(依般若波羅密多)하여,
식멸심(識滅心)인, 구경열반(究竟涅槃)이며,

삼세제불(三世諸佛)은,
의반야바라밀다(依般若波羅密多)하여,
아뇩다라삼먁삼보리(阿耨多羅三邈三菩提)임이,

의반야바라밀다(依般若波羅密多)의 법(法)이 달라,
보리살타(菩提薩埵)가 이른 곳과
삼세제불(三世諸佛)이 이른 곳이 다름이 아니네.

단지,

의반야바라밀다(依般若波羅密多)한,

그 지혜 공성(空性)인, 무상심(無相心)의 깊이가,

지혜성품의 차이가 있어, 다르기 때문이네.

이(是),

의반야바라밀다(依般若波羅密多)의 행(行)도,

반야지혜행(般若智慧行)의 성품, 깊이에 따라,

지혜성품(智慧性品)의 차별이 있음이니,

이는, 무상심(無相心)의 깊이, 차별 차원에 따라,

지혜성품의 차이가 있음이네.

이(是),

보리살타(菩提薩埵)는,

의반야바라밀다(依般若波羅密多)하여,

오온심(五蘊心)이 공(空)한,

식멸심(識滅心)인, 구경열반(究竟涅槃)에 이르고,

이(是),

삼세제불(三世諸佛)은,

의반야바라밀다(依般若波羅密多)의 성품 자체가,

곧, 본성(本性)의 본래각성(本來覺性)인,

아뇩다라삼막삼보리(阿耨多羅三邈三菩提)이네.

그러므로,

보리살타(菩提薩埵)의 열반(涅槃)은,

식멸심(識滅心)의 열반(涅槃)이니,

보리살타(菩提薩埵)의 구경열반(究竟涅槃)은,

오온심(五蘊心)이 공(空)한,

식멸구경심(識滅究竟心)이네.

이는,

오온심(五蘊心)이 멸(滅)한,

적멸심(寂滅心)인 식멸지(識滅智)이니,

더 깊은, 반야지혜(般若智慧)의 각성(覺性)으로,

식멸심(識滅心)의 구경열반지(究竟涅槃智)인,

구경열반(究竟涅槃)도 벗어나야,

완전(完全)한 불지혜(佛智慧),

삼세제불(三世諸佛)의,

반야바라밀다(般若波羅密多) 무상불지(無上佛智),

아뇩다라삼먁삼보리(阿耨多羅三邈三菩提)를,

성취(成就)하네.

이(是),

반야바라밀다(般若波羅密多)의 법(法)이,

마하반야(摩訶般若)의 무변제(無邊際)의 성품,
무상불이(無相不二)의 청정일공(淸淨一空)이어도,
반야지혜(般若智慧)의 깊이에 따라,
그 수행지혜성품(修行智慧性品)이 차별이 있어,
무상청정(無上淸淨), 무상일성(無相一性)의 성품,
본연청정무상무변제심(本然淸淨無相無邊際心)인
무상무변제지(無上無邊際智)에 이르러야만,
마하반야(摩訶般若)의 무변제심(無邊際心)이네.

이는,
공성(空性)은 차별(差別)이 없어,
두 모습이 없어도,
무상심(無相心)의 지혜(智慧)는,
오온(五蘊)의 제식(諸識)을 벗어난 차원(次元)인,
무상심(無相心)이 열린 지혜성품의 깊이에 따라,
서로 다른 차별(差別)이 있음이니,
차별 없는 불이(不二)의 공성법(空性法) 속에,
의반야바라밀다(依般若波羅密多)이어도,
그 부사의 공심(空心), 지혜성품의 깊이가 달라,
그 지혜(智慧)가 처한 바, 공심각(空心覺)인,
공심처(空心處)가, 차별이 있음이네.

이(是),

보리살타(菩提薩埵)의,

의반야바라밀다(依般若波羅密多)는,

오온개공(五蘊皆空)인 제법공상(諸法空相)으로,

일체(一切), 오온심(五蘊心)이 멸(滅)한,

식멸처(識滅處)인

구경열반(究竟涅槃)에 이르렀고,

이(是),

삼세제불(三世諸佛)의,

의반야바라밀다(依般若波羅密多)는,

본래(本來), 본성(本性)의 보리(菩提)이며,

무한(無限) 무변제(無邊際)의 청정각(淸淨覺)인,

아뇩다라삼먁삼보리(阿耨多羅三邈三菩提)이네.

고득아뇩다라삼먁삼보리
(故得阿耨多羅三邈三菩提)

고득(故得),
아뇩다라삼먁삼보리(阿耨多羅三邈三菩提)는,
그러므로,
아뇩다라삼먁삼보리(阿耨多羅三邈三菩提)를
얻음이네.

이는,
삼세제불(三世諸佛)도,
의반야바라밀다(依般若波羅密多)하여,
아뇩다라삼먁삼보리(阿耨多羅三邈三菩提)에 듦을,
설(說)함이네.

이는,
본래(本來) 공(空)한,
본성(本性)의 성품에 듦이니,

공(空)한, 성품의 법(法)에 의(依)하지 않고는,
본래(本來), 공(空)한 본성(本性)에, 들 수가 없네.

공성(空性)의 지혜(智慧)인,
반야바라밀다(般若波羅密多)는,
본래(本來), 공(空)한 본성(本性)에 이르는,
유일(唯一)한 법(法)이며, 지혜(智慧)이니,
반야바라밀다(般若波羅密多)에 의(依)하지 않고는,
아뇩다라삼먁삼보리(阿耨多羅三邈三菩提)인,
불지혜(佛智慧)의 완성(完成)은 없다네.

이(是),
아뇩다라삼먁삼보리(阿耨多羅三邈三菩提)인,
지혜(智慧)의 완성(完成)은,
반야바라밀다(般若波羅密多)에 의(依)함이니,

이(是),
지혜(智慧)에 의(依)해,
보리살타(菩提薩埵)는,
오온개공청정심(五蘊皆空淸淨心)인,
식멸처(識滅處)의 구경열반(究竟涅槃)에 들고,

삼세제불(三世諸佛)의,

불지혜(佛智慧)의 완성(完成)은,

본연청정무상무변심처(本然淸淨無上無邊心處)인,

아뇩다라삼먁삼보리(阿耨多羅三邈三菩提)를

이룸이네.

이(是),

반야바라밀다(般若波羅密多)는,

상법(相法)이 아니며,

유위법(有爲法)이 아니며

생멸법(生滅法)이 아니며

심식법(心識法)이 아니며

상념법(想念法)이 아닌, 무념무상(無念無想)의

오온개공(五蘊皆空)인,

불생불멸(不生不滅)의 본연청정(本然淸淨),

심행법(心行法)이네.

그러므로,

이(是), 반야바라밀다(般若波羅密多)는,

상심(相心)인, 유심(有心)으로는 들 수도 없고,

생멸(生滅)의 심식법(心識法)으로도,

들 수가 없으니,

상심(相心)으로 헤아리고 유추(類推)하는,
그 어떤 분별심(分別心)도 없는,
무상청정심(無相淸淨心), 청정지혜(淸淨智慧)가
깊어져,

본연(本然),
청정무상심(淸淨無上心)이며,
청정무상지(淸淨無上智)인 무상각명(無上覺明)의,
불가사의(不可思議) 불지혜(佛智慧)인,
아뇩다라삼먁삼보리(阿耨多羅三邈三菩提)에,
듦이네.

이(是),
불지혜(佛智慧)를 성취(成就)하는,
이(是), 지혜(智慧)가 곧, 일체상(一切相)이 없는,
무상청정(無相淸淨), 무변제심(無邊際心)인,
마하반야심(摩訶般若心)이니,

무상심(無相心),
그 마음, 그 지혜(智慧)가 깊고, 심오(深奧)하여,
무상청정(無上淸淨),
무한(無限) 무변제심(無邊際心)에 이르니,

이는, 본연청정(本然清淨),
무상불지혜(無上佛智慧)의 완연(完然)한 성품,
아뇩다라삼먁삼보리(阿耨多羅三邈三菩提)를
성취함이네.

고지반야바라밀다
(故知般若波羅密多)

고지반야바라밀다(故知般若波羅密多)는,
그러므로, 알아야 하네.
반야바라밀다(般若波羅蜜多)는,

이, 뜻은,
의반야바라밀다(依般若波羅密多)하여,

보리살타(菩提薩埵)가,
상(相) 없는, 마음 청정으로,
일체상에 걸림의 장애(障碍)가 없고,
생사윤회(生死輪廻)의 일체 고(苦)를 벗어나며,
일체고해(一切苦海)의 두려움과 공포도 벗어나고,
무명(無明)과 미혹(迷惑)의 일체상념(一切想念)과
혹견(惑見)의 전도몽상(顚倒夢想)도 벗어나며,
오온(五蘊)에 얽매인, 생사(生死)의 일체를 벗어나,
생멸심(生滅心)이 없는 적멸청정심(寂滅淸淨心)인,

구경열반(究竟涅槃)에 들며,

시방(十方),
삼세제불(三世諸佛)이,
무상원만불지혜(無上圓滿佛智慧)인,
아뇩다라삼먁삼보리(阿耨多羅三邈三菩提)를,
성취함을, 알아야 한다는 뜻이네.

그러므로,
반야바라밀다(般若波羅密多)는,
시대신주(是大神呪)이며
시대명주(是大明呪)이며
시무상주(是無上呪)이며
시무등등주(是無等等呪)이니,
능제일체고(能除一切苦)이므로,
진실불허(眞實不虛)임을 알아야 한다는, 뜻이네.

불(佛)께서,
즉(卽), 설(說)하심이,
반야바라밀다(般若波羅密多)는,
능히, 일체고해(一切苦海)의 고통(苦痛)과 시련을,
벗어나며,

그리고,
무명(無明)과 미혹(迷惑)의 전도몽상(顚倒夢想)을,
제거(除去)함을 깨달으며, 알라는, 뜻이며,

또한,
보리살타(菩提薩埵)가,
구경열반(究竟涅槃)을 성취(成就)하며,

삼세제불(三世諸佛)이,
아뇩다라삼먁삼보리(阿耨多羅三邈三菩提)를,
성취(成就)함으로,

반야바라밀다(般若波羅密多)는,
진실(眞實)하여, 헛되지 않음을 깨닫고, 알며,
또한, 이 사실(事實)을 믿으라는, 뜻이네.

이는,
시방삼세(十方三世), 보리살타(菩提薩埵)가,
구경열반(究竟涅槃)을 성취(成就)함이,
반야바라밀다(般若波羅密多)에 의(依)함이며,

시방(十方),

삼세제불(三世諸佛)이,
아뇩다라삼먁삼보리(阿耨多羅三邈三菩提)를,
원만성취(圓滿成就)함이,
반야바라밀다(般若波羅密多)에 의(依)함임을,
깨닫고, 알며,
이(是), 진실(眞實)을 믿으라는, 뜻이네.

그러므로,
반야바라밀다(般若波羅密多)는,
시대신주(是大神呪)이며
시대명주(是大明呪)이며
시무상주(是無上呪)이며
시무등등주(是無等等呪)이며,
능제일체고(能除一切苦)이므로,
진실불허(眞實不虛)임을 깨닫고, 알라는, 뜻이네.

이는,
불지혜(佛智慧)의 성취(成就)인,
무상(無相) 무변제(無邊際)
무한(無限) 무변제(無邊際)
실상(實相) 무변제(無邊際)의 성품,
무변제심(無邊際心)의 청정각성(淸淨覺性)인,

아뇩다라삼먁삼보리(阿耨多羅三邈三菩提)의,
무변각성(無邊覺性)에 드는, 유일법(唯一法)임을,
깨닫고, 알라는, 뜻이네.

이는, 곧,
반야바라밀다(般若波羅密多)는,
불가사의(不可思議) 깨달음을 성취(成就)하는,
시대신주(是大神呪)이며
시대명주(是大明呪)이며
시무상주(是無上呪)이며
시무등등주(是無等等呪)임을 깨닫고,
알라는, 뜻이네.

이(是), 뜻은,
마하반야심(摩訶般若心) 불지혜(佛智慧)의 세계인,
불가사의심(不可思議心)
불가사의지(不可思議智)
불가사의불(不可思議佛)을 성취(成就)함을 뜻하니,
그러함임을, 진실히 깨닫고,
또한, 알며,
또한, 이 사실(事實)을 믿어라는, 뜻이네.

시대신주(是大神呪)

시대신주(是大神呪)는,
반야바라밀다(般若波羅密多)는,
대신주(大神呪)이네.

대(大)는,
본성(本性)의 성품을 일컬음이니,
상(相)을 초월한, 무량무한(無量無限)의 성품으로,
무변제성(無邊際性)임을, 뜻하며,

신(神)은,
본성(本性)의 성품, 공성(空性)의 불가사의 작용,
공력(功力)을 일컬음이니,
이는,
헤아려 알수 없는, 불가사의(不可思議)의 작용과
두루 통(通)하여, 무엇에도 막힘이 없음이네.

주(呪)는,

본성(本性)의 성품, 공덕성(功德性)을 일컬음이니,
이는,
주(呪)는, 법(法)이란 뜻과 능지(能持)의 뜻이므로,
법(法)이란, 불가사의(不可思議) 공력(功力)의,
청정작용의 성품을 지니고 있음을, 뜻하며,
능지(能持)란, 공성공력(空性功力)으로,
무엇이든, 무량무한(無量無限) 원만히 이루고,
성취(成就)함의 뜻이네.

그러므로,
시대신주(是大神呪)의 뜻은,
반야바라밀다(般若波羅密多)는,
상(相)이 없는, 무량무한(無量無限) 불가사의,
무변제(無邊際)의 공력(功力) 성품으로,
일체(一切)에, 두루 통(通)하여,
무엇에도 걸림이 없고, 막힘 없이 작용하여,
무엇이든 이루고, 성취함의 뜻이네.

그러므로,
반야바라밀다(般若波羅密多)는,
공성공력(空性功力)의 시대신주(是大神呪)이므로,
의반야바라밀다(依般若波羅密多)한,

보리살타(菩提薩埵)는,
색(色)과 심식(心識)의 일체상(一切相)인,
오온(五蘊)이 공(空)한 지혜(智慧)에 들어,
일체상(一切相)의 환(幻)을 초월(超越)하여,
일체고액(一切苦厄)을 벗어나,
생멸심(生滅心)이 없는 구경열반(究竟涅槃)의,
상락아정(常樂我淨)을 성취(成就)하며,

삼세제불(三世諸佛), 또한,
반야바라밀다(般若波羅密多)가,
공성공력(空性功力)의 시대신주(是大神呪)이므로,
무량무한(無量無限) 불가사의(不可思議) 성품이니,
일체(一切)에, 무한(無限) 공성공력(空性功力)이
두루 통(通)하여,
걸림 없고, 막힘 없는 청정성품(淸淨性品),
본래본성(本來本性)의 밝음인, 무변제(無邊際)의
아뇩다라삼먁삼보리(阿耨多羅三邈三菩提)를,
성취(成就)함이네.

이는,
반야바라밀다(般若波羅密多)가,
곧, 불가사의(不可思議), 무량무한(無量無限)

공성공력(空性功力)의 작용체(作用體)로,
대신주(大神呪)의 성품인,
법(法)이며,

무엇이든, 이루고 성취하는 공덕체(功德體)인,
불가사의(不可思議) 공성공력(空性功力)의
대신주(大神呪)로,
능지(能持)의 성품이기, 때문이네.

시대명주(是大明呪)

시대명주(是大明呪)는,
반야바라밀다(般若波羅密多)는,
대명주(大明呪)이네.

대(大)는,
본성(本性) 성품의 특성으로,
이는,
상(相)을 초월한, 무량무한(無量無限)의 성품으로,
무변제성(無邊際性)임을 뜻하며,

명(明)은,
본성(本性)의 공성공력(空性功力)의 작용으로,
이는,
본성(本性)의 공성공력(空性功力)이 두루 밝아,
어둠이 없어,
무엇에도 걸림이 없음과

일체에 걸림 없이, 두루 밝게 비춤이네.

주(呪)는,
본성(本性) 성품의 공덕성(功德性)으로,
이는,
주(呪)는, 법(法)이란 뜻과 능지(能持)라는 뜻이니,
법(法)이란, 불가사의(不可思議) 공력(功力)의
청정작용의 성품을 지니고 있음의, 뜻이며,
능지(能持)란, 공성공력(空性功力)으로,
무엇이든, 무량무한(無量無限) 원만히 이루고,
성취(成就)함의, 뜻이네.

그러므로,
반야바라밀다(般若波羅密多)는,
공성공력(空性功力)의 시대명주(是大明呪)이므로,
의반야바라밀다(依般若波羅密多)하여,
보리살타(菩提薩埵)가,
색성향미촉법(色聲香味觸法)의 색(色)과
수상행식(受想行識)인 심식(心識)의
일체상(一切相)이, 실체(實體) 없는 환(幻)의
그 실상(實相)을, 밝게 봄으로,

일체상(一切相), 환(幻)이 생(生)하여도,

그 모습의 환(幻)이, 생(生)이 아니며,

또한, 일체상(一切相)의 환(幻) 꽃이 사라져도,

그 멸(滅)이, 멸(滅)이 아님을 밝게 보아,

일체상(一切相)의 환(幻)에, 걸림이 없음이며,

또한,

일체(一切) 환(幻)을 좇는,

전도몽상(顚倒夢想)의 무명(無明) 환심(幻心)인

일체(一切) 심식(心識)이,

공성공력(空性功力)으로 멸(滅)하여,

일체고액(一切苦厄)을 벗어난 성품,

구경열반(究竟涅槃)의 상락아정(常樂我淨)에,

듦이네.

또한,

이(是),

시방(十方), 삼세제불(三世諸佛)이,

공성공력(空性功力)의 시대명주(是大明呪)인

의반야바라밀다(依般若波羅密多)의 행(行)으로,

공성공력(空性功力)의 무한(無限) 지혜(智慧),

걸림 없는, 초월(超越)의 밝음으로,

일체상(一切相) 초월각명(超越覺明)이며,
본성보리(本性菩提)의 무변광명(無邊光明)인,
아뇩다라삼먁삼보리(阿耨多羅三邈三菩提)를,
성취함이네.

이는,
반야바라밀다(般若波羅密多)가,
곧, 공성공력(空性功力)으로 두루 밝아,
걸림 없는 불가사의(不可思議)
무량무한(無量無限) 작용체(作用體)로,
대명주(大明呪)의 성품인,
법(法)이며,

무엇이든, 이루고 성취하게 하는,
걸림 없이 두루 밝은,
불가사의 무량무한 공성공력(空性功力)의
대명주(大明呪)인,
능지(能持)의 성품이기, 때문이네.

시무상주(是無上呪)

시무상주(是無上呪)는,
반야바라밀다(般若波羅密多)는,
무상주(無上呪)이네.

무상(無上)은,
본성(本性) 성품의 특성이니,
이는,
차별계(差別界), 유위(有爲)의 무상(無上)이, 아닌,
궁극(窮極)을 벗어난, 무상(無上)이므로,
일체상(一切相)과 일체심(一切心)의 분별인,
차별지(差別智)를 벗어난,
무상(無上)이네.

주(呪)는,
본성(本性) 성품의 공덕성(功德性)이니,
이는,

주(呪)는, 법(法)이란 뜻과 능지(能持)의 뜻이니,
법(法)이란, 불가사의 공성공력(空性功力)의
청정작용의 성품을, 지니고 있음의 뜻이며,
능지(能持)란, 공성공력(空性功力)으로,
무엇이든, 무량무한(無量無限) 원만히 이루고,
성취(成就)함의 뜻이네.

그러므로,
시무상주(是無上呪)의 뜻은,
반야바라밀다(般若波羅密多)는,
불가사의 초월(超越)의 공성공력(空性功力)으로,
차별지(差別智)의 분별(分別)과 상심(相心)으로는
헤아려 알 수 없는, 불가사의(不可思議)로,

일체(一切) 차별심(差別心)과
일체(一切) 차별지(差別智)를 벗어나,
불가사의 초월(超越)의 성품,
무상(無上)에 이르는, 법(法)의 성품으로,
무상심(無上心)과 무상지(無上智)에 이르게 하고,
성취(成就)하게 함이네.

그러므로,

보리살타(菩提薩埵)가,

불가사의 초월(超越)의 공성공력(空性功力)

시무상주(是無上呪)에 의(依)해,

일체(一切) 차별심(差別心)과

일체(一切) 차별지(差別智)를 벗어나,

상락아정(常樂我淨)인,

일체 식멸처(識滅處)의 구경열반(究竟涅槃)도,

또한, 벗어나,

시방(十方),

삼세제불지(三世諸佛智)의 성품,

아뇩다라삼먁삼보리(阿耨多羅三邈三菩提)와

아뇩다라삼먁삼보리심(阿耨多羅三邈三菩提心)인,

제불무상심(諸佛無上心)과

제불무상지(諸佛無上智)를 성취(成就)함이네.

삼세제불(三世諸佛), 또한,

시무상주(是無上呪)에 의(依)해,

무상불(無上佛)을 성취(成就)하였음은,

불가사의 초월(超越)의 공성공력(空性功力)인

본래(本來), 과구족(果具足)의 인(因)이며,

시무상주(是無上呪)의 성품인
본연본성(本然本性) 지혜광명(智慧光明)의
성품에 의(依)함이니,

이(是), 성품이,
본래(本來), 과구족(果具足)의 인(因)이며,
시무상주(是無上呪)의 성품이므로,
아뇩다라삼먁삼보리(阿搙多羅三邈三菩提)를
성취(成就)함이네.

이는,
반야바라밀다(般若波羅密多)가,
일체(一切) 차별심(差別心)과
일체(一切) 차별지(差別智)를 벗어난,
불가사의 초월(超越)의 성품,
곧, 무상심(無上心)과 무상지(無上智)의 성품,
불가사의 무량무한, 무변작용체(無邊作用體)인
공성공력(空性功力)의 무상주(無上呪),
무상(無上) 성품인,
법(法)이며,

무엇이든, 이루고 성취하게 하는,

일체(一切) 차별심(差別心)과

일체(一切) 차별지(差別智)를 초월(超越)한,

불가사의 공성공력(空性功力)의 무상주(無上呪)인,

능지(能持)의 무변무상(無邊無上) 성품이기,

때문이네.

시무등등주(是無等等呪)

시무등등주(是無等等呪)는,
반야바라밀다(般若波羅密多)는,
무등등주(無等等呪)이네.

무등등(無等等)은,
두 가지의 뜻이, 겸해 있음이니,
이는,
무엇이든, 견줄 것이 없는 수승(殊勝)함과
그 성품이, 또한,
원만(圓滿)하고 완전(完全)하여, 평등(平等)함이네.

그러므로,
시무등등(是無等等)이란,
반야바라밀다(般若波羅密多)는,
불가사의 초월(超越)의 성품으로,
무엇이든, 견줄 것이 없는 수승법(殊勝法)임과

반야바라밀다(般若波羅密多)의 불가사의 성품이
일체(一切) 초월성(超越性)이라,
원만(圓滿)하고 완전(完全)하여, 평등(平等)함이네.

주(呪)는,
본성(本性) 성품, 공성(空性)의 불가사의 작용
공력(功力)을 일컬음이니,
이는,
주(呪)는, 법(法)이란 뜻과 능지(能持)의 뜻이니,
법(法)이란, 불가사의 공성공력(空性功力)의
청정작용의 성품을 지니고 있음의 뜻이며,
능지(能持)란, 불가사의 공성공력(空性功力)으로
무엇이든, 무량무한(無量無限) 원만히 이루고,
성취(成就)함의, 뜻이네.

그러므로,
시무등등주(是無等等呪)의 뜻은,
반야바라밀다(般若波羅密多)는,
일체(一切) 차별심(差別心)과
일체(一切) 차별지(差別智)로는 견줄 수 없는,
일체(一切) 차별(差別)을 초월(超越)한
불가사의 초월(超越)의 성품으로,

일체 모든, 상(相)과 심(心)과 지(智)를 초월하여,
원만(圓滿)하고 완전(完全)한
무상(無上), 평등(平等)의 성품이네.

이(是), 지혜(智慧)가,
일체(一切) 차별심(差別心)과
일체(一切) 차별지(差別智)를 벗어나,
일체(一切)를 초월(超越)한 불가사의 성품으로,
원만(圓滿)하고 완전(完全)한
무상평등각(無上平等覺)이니,
아뇩다라삼먁삼보리(阿耨多羅三邈三菩提)인
불가사의, 무상(無上) 불지혜(佛智慧)를,
원만히 완성(完成)하네.

이(是), 무상심(無上心)이,
일체(一切) 차별심(差別心)과
일체(一切) 차별지(差別智)를 벗어나,
일체(一切)를 초월(超越)한 성품,
원만(圓滿)하고 완전(完全)한
무상평등심(無上平等心)이니,
아뇩다라삼먁삼보리심(阿耨多羅三邈三菩提心)인
불가사의, 불지혜심(佛智慧心)을,

원만히 성취(成就)하네.

이(是), 지혜(智慧)와 마음이,
일체(一切)에 원만(圓滿)하고 완전(完全)한
불가사의 초월(超越),
무상(無上), 평등(平等)의 성품이니,
곧,
원만불지혜(圓滿佛智慧)이며,
불지혜원만심(佛智慧圓滿心)이네.

이는,
반야바라밀다(般若波羅密多)가,
일체(一切) 차별심(差別心)과
일체(一切) 차별지(差別智)를 벗어나
불가사의 초월(超越)의 성품이니,
무엇이든, 견줄 것이 없는 수승(殊勝)함이라,
불가사의(不可思議)하여, 그 성품이,
원만(圓滿)하고 완전(完全)한 평등(平等)성품이니,

이(是), 성품이,
불가사의 초월 성품, 공성공력(空性功力)으로,
일체(一切)를 초월(超越)하여 두루 밝아

일체차별(一切差別)을 벗어나,
불가사의, 수승(殊勝)한 공덕체(功德體)이며,
불지혜(佛智慧), 공성공력(空性功力)의
무변작용체(無邊作用體)로,
일체 초월(超越), 무등등주(無等等呪)의 성품인,
무상(無上)의 법(法)이며,

일체(一切)를, 초월한 공성공력(空性功力)으로,
무엇이든, 원만히 이루고 성취하게 하는
일체 초월, 불가사의 무등등주(無等等呪)인
능지(能持)의 성품이기,
때문이네.

능제일체고(能除一切苦)

능제일체고(能除一切苦)는,
반야바라밀다(般若波羅密多)는,
능히, 일체고(一切苦)를 제거(除去)함이네.

이는,
반야바라밀다(般若波羅密多)는,

일체(一切) 초월(超越)의 성품,
불가사의 공성공력(空性功力)으로
일체(一切)에 두루 통(通)하여,
무량무한(無量無限) 불가사의(不可思議)로,
무엇에도, 걸림이 없고 막힘 없이 작용하여,
무엇이든, 이루고 성취하는
불가사의(不可思議), 대신주(大神呪)의 법(法)으로,
능지(能持)의 성품이며,

일체(一切) 초월(超越)의 성품,

불가사의 공성공력(空性功力)으로

일체(一切)에 두루 밝아,

무명(無明)의 어둠이 없어, 무엇에도 걸림 없고,

무량무한(無量無限) 불가사의(不可思議) 성품이니

일체(一切)에 걸림 없이, 두루 밝게 보는,

불가사의(不可思議), 대명주(大明呪)의 법(法)으로,

능지(能持)의 성품이며,

일체(一切) 초월(超越)의 성품,

불가사의 공성공력(空性功力)으로

일체(一切) 차별(差別)인,

유위(有爲)의 궁극(窮極)도 초월(超越)하여,

일체(一切) 차별심(差別心)과

일체(一切) 차별지(差別智)를 벗어나,

무상(無上)에 이르는 성품으로

무상심(無上心)과 무상지(無上智)에 이르는,

불가사의(不可思議), 무상주(無上呪)의 법(法),

능지(能持)의 성품이며,

일체(一切) 초월(超越)의 성품,

불가사의 공성공력(空性功力)으로

무엇이든, 견줄 것이 없는 수승(殊勝)함이니,

일체(一切)에 원만(圓滿)하고 완전(完全)한,
평등(平等)성품으로,
무엇이든 이루고, 성취하게 함으로,
일체(一切) 초월(超越)의 불가사의(不可思議),
아뇩다라삼먁삼보리(阿耨多羅三邈三菩提)인
원만불지혜(圓滿佛智慧)를 완성(完成)하는,
불가사의(不可思議), 무등등주(無等等呪)의 법(法),
능지(能持)의 성품이므로,

반야바라밀다(般若波羅密多)는,
일체(一切) 초월(超越)의 성품,
불가사의 공성공력(空性功力)으로,
일체초월(一切超越) 시대신주(是大神呪)이며
일체초월(一切超越) 시대명주(是大明呪)이며
일체초월(一切超越) 시무상주(是無上呪)이며
일체초월(一切超越) 시무등등주(是無等等呪)인,
원만성취(圓滿成就)의 불가사의(不可思議) 법(法),
능지(能持)의 성품이니,

능히,
일체고(一切苦)를, 제거(除去)함이네.

이는,

일체(一切) 초월(超越),

불가사의 공성공력(空性功力)

불가사의(不可思議) 능지(能持)의 성품으로,

무상(無相) 무변제(無邊際)

무한(無限) 무변제(無邊際)

실상(實相) 무변제(無邊際)의 성품,

곧, 무변제심(無邊際心)의 불가사의(不可思議),

청정성품(淸淨性品) 공성공력(空性功力)의

공덕체(功德體)를, 일컬음이네.

진실불허(眞實不虛)

진실불허(眞實不虛)는,
반야바라밀다(般若波羅密多)는,
진실(眞實)하여, 헛되지 않음이네.

진실(眞實)은,
반야바라밀다(般若波羅密多)는,
불가사의 초월(超越) 공성공력(空性功力)으로,
무량무한(無量無限) 원만(圓滿) 성취(成就)의
시대신주(是大神呪)이며
시대명주(是大明呪)이며
시무상주(是無上呪)이며
시무등등주(是無等等呪)이므로,
능히, 일체고액(一切苦厄)을 제거(除去)함이네.

또한,
보리살타(菩提薩埵)가

불가사의 초월지혜(超越智慧),
반야바라밀다의 공성공력(空性功力)으로,
오온(五蘊)이 공(空)한 식멸처(識滅處),
구경열반(究竟涅槃)에 들고,

삼세제불(三世諸佛)이, 또한,
불가사의 초월지혜(超越智慧),
반야바라밀다의 공성공력(空性功力)으로,
아뇩다라삼먁삼보리(阿耨多羅三邈三菩提)를
성취함이, 진실(眞實)임을, 일컬음이네.

만약,
실체(實體)가 없는,
환(幻)의 상(相)을 좇는,
무명(無明), 환심(幻心)의 분별 속에 있으면,
불가사의(不可思議) 성취의 공덕체(功德體)인,
시대신주(是大神呪)
시대명주(是大明呪)
시무상주(是無上呪)
시무등등주(是無等等呪)의 이 불가사의(不可思議),
능지(能持)의 불가사의 불지혜(佛智慧),
무상설(無上說)이어도,

진실(眞實)한 믿음이, 일어나지 않을 수도 있음은,

이(是),
실체(實體) 없는, 공(空)한 환(幻)을 좇는,
무명(無明) 환심(幻心)의 육근(六根) 경계(境界)에,
끊임없이 피어나는, 망환(妄幻)의 티끌들이,
어둠의 무명(無明) 심천(心天),
마음 하늘 가득, 환(幻) 꽃이 어지러이,
휘날리기 때문이네.

이(是),
불가사의(不可思議),
능지(能持)의 불지혜(佛智慧)의 설(說)인,
그 무상공덕(無上功德)이,
무량무한(無量無限) 불가사의(不可思議),
불가사의사(不可思議事) 무변설(無邊說)이라,
몽중(夢中), 환(幻)을 좇는,
환설(幻說)과 같고,
믿을 수 없는, 불가사의(不可思議) 공덕(功德)의
몽중설(夢中說)과 같아도,

심장(心臟) 깊숙이, 맥박(脈搏)이 살아 숨쉬는,

이(是), 생명(生命)의 실체(實體)는,
시성(時性)의 환(幻) 꽃을, 좇은 바가, 없으니,

불(佛)의,
무한(無限) 대비심(大悲心),
진실불허(眞實不虛)의 이, 진실(眞實)한 말씀에,
시성(時性) 없는 혜안(慧眼)이, 홀연 듯
열리리라.

고설반야바라밀다주
(故說般若波羅密多呪)

고설반야바라밀다주(故說般若波羅密多呪)는,
그러므로,
반야바라밀다주(般若波羅密多呪)를,
설(說)함이네.

이는,
반야바라밀다주(般若波羅密多呪)를,
설(說)하는, 까닭이네.

이(是),
반야바라밀다(般若波羅密多)는,
보리살타(菩提薩埵)가,
구경열반(究竟涅槃)을 성취(成就)하고,
삼세제불(三世諸佛)이,
아뇩다라삼먁삼보리(阿耨多羅三邈三菩提)를
성취(成就)하는,

불가사의(不可思議), 능지(能持)인,
시대신주(是大神呪)이며
시대명주(是大明呪)이며
시무상주(是無上呪)이며
시무등등주(是無等等呪)이므로,
능제일체고(能除一切苦)이니,
반야바라밀다는, 진실불허(眞實不虛)이므로,
반야바라밀다주(般若波羅密多呪)를,
설(說)하는, 까닭이란, 뜻이네.

이는,
반야바라밀다(般若波羅密多)는,
불가사의(不可思議),
불지혜(佛智慧)의 완성(完成)에 이르므로,
진실(眞實)하여, 헛되지 않음이니,
반야바라밀다주(般若波羅密多呪)를 설(說)하는,
까닭이네.

이 뜻이,
고설반야바라밀다주(故說般若波羅密多呪)이네.

주(呪)는,
본성(本性) 성품의 공덕성(功德性)으로,
이는,
법(法)이란 뜻과 능지(能持)라는 뜻이니,
법(法)이란, 불가사의 공성공력(空性功力)의
청정작용의 성품을 지니고 있음이며,
능지(能持)란, 불가사의 공성공력(空性功力)으로
무엇이든, 무량무한(無量無限) 원만히 이루고,
성취(成就)함이네.

그러므로,
반야바라밀다(般若波羅密多)는,
불가사의, 일체초월(一切超越)의 법(法)으로,
일체상(一切相)을 벗어나게, 하고,

반야바라밀다(般若波羅密多)는,
불가사의, 공덕원만(功德圓滿)인 능지(能持)이니,
무엇이든, 원만(圓滿)히 이루고,
성취(成就)함이네.

이는, 곧,
제식멸처(諸識滅處)인 구경열반(究竟涅槃)과

원만불지혜(圓滿佛智慧)인,
불가사의(不可思議),
아뇩다라삼먁삼보리(阿耨多羅三邈三菩提)를
원만(圓滿)히, 성취(成就)함이네.

이것이,
고설반야바라밀다주(故說般若波羅密多呪)의,
뜻이네.

즉설주왈(卽說呪曰)

즉설주왈(卽說呪曰)은,
곧, 설(說)하여, 주(呪)를 말함이네.

이는, 곧,
아제아제 바라아제 바라승 아제 모지 사바하
(揭諦揭諦 波羅揭諦 波羅僧 揭諦 菩提 娑婆訶)
를, 말함이네.

이(是), 뜻은,
위에서 설(說)한, 이(是), 경(經)의 뜻을,
이(是), 주(呪)에, 그 진실한, 진의(眞義)를 담아,
말과 글로, 그 뜻(義)을 다, 드러낼 수 없는,
불가사의, 진실(眞實)을 담고,

불(佛)의,
불가사의(不可思議)한, 심오(深奧)한 법(法)으로,

무엇으로도, 헤아려 알 수 없는, 불가사의

불(佛)의 비밀심(秘密心)을, 담은,

주(呪)이네.

그리고,

의반야바라밀다(依般若波羅密多)하여,

구경열반(究竟涅槃)과

아뇩다라삼먁삼보리(阿耨多羅三邈三菩提)에, 든,

깨달음, 성취(成就)의 법열(法悅) 속에,

이(是),

반야바라밀다(般若波羅密多)를, 찬탄(讚嘆)하고,

지심(至心)으로 감사(感謝)하며,

지극지심(至極至心)으로 귀의(歸依)하는,

불가사의(不可思議), 불가사의심(不可思議心),

바라밀다심(波羅蜜多心)의 주(呪)이네.

이(是),

불(佛)이, 설(說)한,

마하반야바라밀다심경(摩訶般若波羅蜜多心經),

지혜(智慧)의 진실(眞實)이,

이(是), 진실(眞實) 주(呪)에, 있음이니,

이(是), 주(呪)는,
불(佛)과
의반야바라밀다(依般若波羅密多)를 행(行)하는
수행자(修行者)와의 경계를 초월(超越)한 성품,
반야바라밀다(般若波羅密多)의 실상(實相),
청정불이(淸淨不二)의 불가사의(不可思議) 세계가,
즉설주왈(卽說呪曰)인,
이(是), 주(呪)의 실상(實相), 진실(眞實)에,
있음이네.

이(是), 법(法),
아제아제 바라아제 바라승 아제 모지 사바하
(揭諦揭諦 波羅揭諦 波羅僧 揭諦 菩提 娑婆訶)가,

반야심경(般若心經),
진실불허(眞實不虛)의 진실(眞實)인,
불가사의(不可思議) 청정법(淸淨法)의 성품과
불지(佛智)의 진실(眞實)의 뜻(義)을, 담았네.

이(是),
진언(眞言), 주(呪)는,
불(佛)의, 불가사의(不可思議) 비밀심(秘密心)과
반야행자(般若行者)의 진실한 지혜행(智慧行)의
실상(實相), 밀법밀심(密法密心)의 지극(至極)한
진실(眞實)을, 담은 것으로,
반야바라밀다행심(般若波羅蜜多行心)의
실주(實呪)이네.

이(是), 법(法),
청정일심반야행(淸淨一心般若行)인,
마하청정지극진실심(摩訶淸淨至極眞實心),
의반야바라밀다심행(依般若波羅密多心行)이,
곧,
아제아제 바라아제 바라승 아제 모지 사바하
(揭諦揭諦 波羅揭諦 波羅僧 揭諦 菩提 娑婆訶)
이네.

아제아제 바라아제 바라승
아제 모지 사바하
(揭諦揭諦 波羅揭諦 波羅僧
揭諦 菩提 娑婆訶)

아제아제 바라아제 바라승 아제 모지 사바하
(揭諦揭諦 波羅揭諦 波羅僧 揭諦 菩提 娑婆訶)는,

불(佛)께옵서,
마하반야바라밀다심경(摩訶般若波羅蜜多心經)의,
오온개공(五蘊皆空)의 실상지혜(實相智慧)인
능제일체고(能除一切苦)의 가르침,
이(是), 부사의(不思議) 부사의심(不思議心)의
실상(實相), 주(呪)의 진실불허(眞實不虛)를,
곧, 드러냄이니,

이르리라. 이르리라.
평온에 이르리라.

완전한 평온에 이르리라.
완전한 깨달음, 보리(菩提)의 완성(完成)이여!

이(是), 주(呪)는,
불(佛)의, 불가사의(不可思議) 비밀심(秘密心),
반야심경(般若心經), 일체(一切) 설(說)의
진실(眞實)한, 뜻(義)이며,

또한,
반야행자(般若行者)의,
의반야바라밀다(依般若波羅密多) 행심(行心)인
극궁극(極窮極), 그 행(行)의 귀의일심(歸依一心),
지고(至高), 지극(至極)함이며,

그리고, 또한,
구경(究竟), 깨달음 성취(成就)의
불가사의(不可思議) 지혜광명(智慧光明)과
불가사의 불가사의사(不可思議事)
초월심(超越心)에 든,
무한(無限) 감사와 기쁨인, 법열(法悅)이며,

그리고, 또한,

완성(完成)의 궁극지혜(窮極智慧),
일체불이(一切不二)의 무변광명(無邊光明)인
완전(完全)한 깨달음, 지혜(智慧)의 완성(完成)이
함의(含意)된, 법(法)이니,

이(是), 주(呪)의, 진실(眞實)은,
삼세(三世) 제불(諸佛)과
삼세(三世) 보리살타(菩提薩埵)와
삼세(三世) 중생(衆生)의 경계(境界)가, 사라진,
이(是), 불가사의,
일심궁극(一心窮極)의 심명(心明)이며,

반야바라밀다(般若波羅密多)의 초월심(超越心),
마하궁극실상지(摩訶窮極實相智)인
청정불이(淸淨不二)의 성품,
실상무한광명(實相無限光明)의 무변(無邊)세계,
무한청정(無限淸淨)의 불가사의성(不可思議性),
불가사의심(不可思議心)의 묘법(妙法)이네.

이(是),
아제아제 바라아제 바라승 아제 모지 사바하
(揭諦揭諦 波羅揭諦 波羅僧 揭諦 菩提 娑婆訶)는,

반야심경(般若心經),
일체(一切), 설(說)의 진실(眞實)한, 뜻(義),
불(佛)의 비밀심(秘密心), 법음(法音)으로,

불가사의(不可思議),
청정지혜(淸淨智慧) 광명(光明)이 생동(生動)하는,
불가사의 법(法), 진실(眞實)의 진언(眞言)이며,
무한(無限) 초월(超越)의 무변광명심(無邊光明心),
실상주(實相呪)이네.

이(是), 주(呪)에,
불(佛)의 불가사의 대비(大悲)의 비밀심(秘密心),
진실(眞實)한,
비밀(秘密)의 뜻(義)이 담겼으니,

보리살타(菩提薩埵)가,
불설(佛說),
반야바라밀다(般若波羅密多)에 의(依)해,
원리전도몽상(遠離顚倒夢想)으로
구경열반(究竟涅槃)의 청정법락(淸淨法樂),
상락아정(常樂我淨)의 법열심(法悅心)에 듦과

삼세제불(三世諸佛)이,
반야바라밀다(般若波羅密多)에 의(依)해
불가사의 불지혜(佛智慧),
아뇩다라삼먁삼보리(阿耨多羅三邈三菩提)
청정불지(淸淨佛智)의 무한 초월(超越)의 깨달음,
심오(深奧)한 법의 세계가
이(是), 진언(眞言), 주(呪)의 진실(眞實)에,
다, 담겨 있음이네.

이는,
구경열반(究竟涅槃)의 상락아정(常樂我淨)과
여래(如來)의 일체설(一切說)
삼세제불(三世諸佛)의 일체 불지혜(佛智慧)와
아뇩다라삼먁삼보리(阿耨多羅三邈三菩提)의
성취(成就)의 세계가
곧,
이(是), 주(呪)의, 진실(眞實)이니,

이르리라. 이르리라.
평온에 이르리라.
완전한 평온에 이르리라.
완전한 깨달음, 보리(菩提)의 완성(完成)이여!

이(是), 주(呪)가, 곧,
아제아제 바라아제 바라승 아제 모지 사바하
(揭諦揭諦 波羅揭諦 波羅僧 揭諦 菩提 娑婆訶)
이네.

또한, 이(是), 주(呪)는,
청정반야행자(淸淨般若行者)가,
반야바라밀다(般若波羅密多)에 의지(依支)해,
지극진실(至極眞實)의 귀의일심(歸依一心)으로,
마하반야바라밀다행심(摩訶般若波羅蜜多行心)의
불가사의 불가사의심(不可思議心), 찬탄(讚嘆)의
법음(法音)이니,

이(是),
법어(法語)가,

이르리라. 이르리라.
평온에 이르리라.
완전한 평온에 이르리라.
완전한 깨달음, 보리(菩提)의 완성(完成)이여!

이(是), 주(呪)가, 곧,

아제아제 바라아제 바라승 아제 모지 사바하
(揭諦揭諦 波羅揭諦 波羅僧 揭諦 菩提 娑婆訶)
이네.

또한,
완전한, 지혜의 성취에 이르러,
그 깊은, 지혜광명(智慧光明), 심오(深奧)한,
법열(法悅) 속에,

삼세(三世) 제불(諸佛)과
삼세(三世) 보리살타(菩提薩埵)와
삼세(三世) 중생(衆生)의 경계(境界)가 사라진,
일심청정(一心淸淨) 초월(超越)의
무변광명심(無邊光明心)에,

불(佛)이 설(說)한,
이(是),
비밀심(秘密心)의 심오(深奧)한, 진실을 깨달아,
불(佛)의 무한, 대비심(大悲心) 진실(眞實)의
지극(至極)함에 이르러,
불가사의(不可思議),
심(心)이 열린, 무변광명(無邊光明) 속에

찬탄(讚嘆)하고, 찬탄(讚嘆)하며,
무변불광(無邊佛光)에, 일심귀의(一心歸依),
깊고, 깊은, 법열법음(法悅法音)의 흐름,
이(是), 또한,

아제아제 바라아제 바라승 아제 모지 사바하
(揭諦揭諦 波羅揭諦 波羅僧 揭諦 菩提 娑婆訶)
이니,

이르렀네. 이르렀네.
평온에 이르렀네.
완전한 평온에 이르렀네.
완전한 깨달음, 보리(菩提)의 완성(完成)이여!

이(是),
불가사의(不可思議), 비밀심(秘密心),
주(呪)의 진실(眞實)은,

마하반야바라밀(摩訶般若波羅蜜),
마하반야바라밀다심(摩訶般若波羅蜜多心),
마하반야바라밀다심경(摩訶般若波羅蜜多心經),
이(是), 법(法)의 진실(眞實), 주(呪)이니,

불(佛)의, 무한(無限) 대비(大悲)의
심오(深奧)한, 불가사의 비밀심(秘密心),
진실(眞實), 실주(實呪)가
아제아제 바라아제 바라승 아제 모지 사바하
(揭諦揭諦 波羅揭諦 波羅僧 揭諦 菩提 娑婆訶)
이네.

이(是),
시대신주(是大神呪)
시대명주(是大明呪)
시무상주(是無上呪)
시무등등주(是無等等呪),

이(是),
진실불허(眞實不虛)의,
비밀심(秘密心)의 진실(眞實),
불가사의 비밀심주(秘密心呪) 귀의일심(歸依一心),
불(佛)의 밀인(密印), 비밀심(秘密心)이 열리니,
이(是),
불가사의(不可思議) 무한법열(無限法悅),
무변광명(無邊光明) 불가사의심(不可思議心),
불가사의법(不可思議法) 진실심주(眞實心呪),

무량무변광명공덕(無量無邊光明功德)이 열리어,
부사의(不思議), 부사의심(不思議心),
밀인밀심(密印密心)의
불(佛)의 진실주(眞實呪)를
찬탄(讚嘆)하고, 찬탄(讚嘆)하니,

아제아제 바라아제 바라승 아제 모지 사바하
(揭諦揭諦 波羅揭諦 波羅僧 揭諦 菩提 娑婆訶)
이네.

이르렀네. 이르렀네.
평온에 이르렀네.
완전한 평온에 이르렀네.
완전한 깨달음, 보리(菩提)의 완성(完成)이여!

幻1 般若心經

초판인쇄 2021년 12월 12일
초판발행 2021년 12월 18일

저   자 박명숙
펴 낸 이 소광호
펴 낸 곳 관음출판사

주   소 08730 서울시 관악구 봉천동 1000번지 관악현대상가 지하1층 20호
전   화 02) 921-8434, 929-3470
팩   스 02) 929-3470
홈페이지 www.gubook.co.kr
E - mail gubooks@naver.com

등   록 1993. 4.8 제1-1504호
ⓒ 관음출판사 1993

정가 25,000원

삶의 순수 지혜가 승화된 이상의 진리가 책 4권에 있다.

순수정신이 열린 특유의 사유와 지혜로 삶의 순수 정신의 승화, 자연의 섭리와 순리, 만물의 흐르는 도(道), 궁극이 열린 천성(天性)의 심오한 섭리의 세계를 4권의 책 속에 고스란히 담았다.

『사유를 담은 가야금 1』

삶의 순수정신과 생명감각이 열린 특유의 감각과 빛깔을 가진 사유는 보편적 인간의 가치를 넘어선 아름다운 신선한 깨달음과 생명력을 갖게 한다.

『사유를 담은 가야금 2』

의식승화의 사유는 삶을 자각하는 지혜와 새로운 감각을 열어주며, 정신 승화의 향기는 삶을 새롭게 발견하고 눈을 뜨는, 내면의 깊은 감명과 감동을 전한다.

『달빛 담은 가야금 1』

심오한 정신세계 다도예경과 다도5물, 다도5심, 천성 섭리의 이상(理想) 예와 도, 진리3대(眞理三大)와 도심5행 (道心五行)의 섭리세계를 담았다.

『달빛 담은 가야금 2』

선(善)의 세계, 홍익의 섭리, 성인과 군자와 왕의 도, 만물의 섭리와 순리, 도와 덕과 심, 무위, 궁극이 열린 근본지, 성(性)의 세계 등을 담았다.

박명숙 저 / 신국변형판양장본 / 정가 각 20,000원   박명숙 저 / 신국변형판양장본 / 정가 각 23,000원

삶의 무한 지혜,
香향이 세상에 나왔다!!

허공천(虛空天)

향운계(香雲界)에서

향수(香水)의 비가 내려

바다에 떨어지니

바다가 향수대해(香水大海)를 이룬다.

향1권 기품, 승화, 사유, 이성(理性)의 향기
향2권 지혜, 정신, 마음, 지성(知性)의 향기
향3권 생명, 차(茶), 초월, 꽃잎의 향기를 담았다.

박명숙(德慧林)저 / 향 1권 336쪽 / 향 2권 328쪽 / 향 3권 320쪽 / 정가 각 23,000원

지혜의 두 경전(經典)
반야심경, 천부경의
실상(實相) 진리(眞理)의 세계,
그리고, 무한 사유의 책이 나왔다.

香밀작가의 신작!

불법혜안(佛法慧眼)의 반야심경,
이천진리(理天眞理)의 천부경,
그리고, 이성(理性)이 깨어있는 정신
사유(思惟)의 무한차원
지성(智性)을 여는 책이 나왔다.

박명숙(德慧林)저 / 향 1권 384쪽 / 향 2권 316쪽 / 향 3권 352쪽 / 정가 각 25,000원